最年华：

"女生寝室 的 美女部落"。

卞庆奎 主编

——★梦见春天不来，我久久没有话说。
像风，吞噬我们的记忆，
使过往的青春都覆遍落叶……

全 国 百 佳 图 书 出 版 单 位
ARCTIME 时代出版传媒股份有限公司
安徽人民出版社

图书在版编目（CIP）数据

最年华：女生寝室的美女部落 / 卞庆奎主编 . -- 合肥：安徽人民出版社，2013.4
ISBN 978-7-212-06368-9

Ⅰ.①最… Ⅱ.①卞… Ⅲ.①散文－中国－当代 Ⅳ.① I247

中国版本图书馆 CIP 数据核字 (2013) 第 058589 号

最年华

女 生 寝 室 的 美 女 部 落

主　　编 | 卞庆奎
出 版 人 | 胡正义
选题策划 | 王其芳
责任编辑 | 王其芳　姚良良
责任印制 | 刘　银

出　　版 | 时代出版传媒股份有限公司　http://www.press-mart.com
安徽人民出版社　http://www.ahpeople.com
合肥市政务文化新区翡翠路 1118 号出版传媒广场 8 楼
邮编：230071

发　　行 | 北京时代华文书局有限公司
北京市东城区安定门外大街 138 号皇城国际大厦 A 座 8 楼
邮编：100011　电话：010 - 64267120　010 - 64267397

印　　刷 | 北京正合鼎业印刷技术有限公司
（如发现印装质量问题，影响阅读，请与印刷厂联系调换）

开　　本 | 700×1000　　1/16
印　　张 | 14.5
版　　次 | 2013 年 4 月第 1 版　　2013 年 4 月第 1 次印刷
书　　号 | ISBN 978-7-212-06368-9
定　　价 | 26.00 元

目 录
Contents

女生寝室的美女部落

石 蕾，17岁，高三

阿滩她们气疯了，不管三七二十一就往楼上冲去，一脚踢开了那个寝室的门，骂道："刚才是哪个兔崽子干的好事，马上给我滚出来！"那群男生动都懒得动，毫无表情地看着狼狈的阿滩。

"谁？！"阿滩又喊道。

"是我！怎么样，想单挑呀！"一个男生站出来，斜了阿滩一眼。

"我们是害虫，我们是害虫……"室友又在那儿高歌我们的"室歌"了。领头的当然不用说，是我们鼎鼎大名、玉树临风的室长阿滩了。只见她正拿着饭勺挥舞着，那鸡尾头高高地昂起，就像一只骄傲的大公鸡，其他的人也在一旁"呜啦啦"地起哄。

"吵什么，吵什么？哪个寝室还在吵？"忽然传来了楼管员的叫声，只见平常那几个胆小的早已一屁股溜到被子里装睡了，只剩下我和阿滩两个人孤军奋战。阿滩气得直牙痒痒，恨不得一下子把那几个兔崽子的被子掀起来。可气归气，问题终究还是要对付的。

不一会儿，一束光照了进来，楼管员拿着手电筒进来了。只见阿滩先来了个深呼吸，然后调整面部肌肉，顿时一张比哭还难看的笑脸呈现在楼管员的面前，差点儿没把她吓个半死。阿滩见第一步计划成功，紧接着便说："啊，管理员小姐……哦，错了，应该是楼管员阿姨，这么晚了，来贵寝室有何事呀？"

"你们怎么这么晚了还不睡，别人都睡了，不要把她们吵醒了，知不知道？"楼管员凶道。

"哎！真是的，楼管员阿姨，你看，我们还不是怕你闷吗，才冒着被处分的危险在这儿给你解闷。你非但不感谢我们，反而还教训我们，哎！命苦呀！"阿滩无赖地说道，再摇摇头。

"是呀，是呀！我们唱歌是给你解闷的，楼管员阿姨。"刚才那几个胆小鬼这时都探出头来。阿滩瞪了她们一眼，她们又乖乖地把头缩了回去。

"行啦！我不管你们什么理由，总之两分钟内赶快给我睡觉，不准再吵了！"楼管员说完这几句话，摇摇头无奈地走了。

阿滩向我使了个眼色说："怎么样，老弟？我不愧是你们的那个什么大树凌凌的头儿吧！"我白了她一眼，说："做你的春秋大梦吧！快去睡觉啦！小心又把那个什么阿姨招来了。再来你可招架不住了哦！"我幸灾乐祸地去梦周公了。

谁料到，一波未平，一波又起。这件事没过几天，一个"暴风雨"的夜晚又来临了。

那晚，我们正聊得兴致勃勃，忽然"哗啦哗啦"的水从上而下做自由落体运动，狠狠地与我们的窗台来了个"亲密接触"。

"哇！我的鞋！我晒了一天一夜的李宁球鞋……"阿滩连滚带爬地跑去"救"她的鞋。可太迟了，整双鞋都沉浸在被洗脚水冲了澡的痛苦中。

"啊！"不知哪个同胞也尖叫起来，以百米赛跑的速度向窗台跑去，"我的袜子，我才晾干的耐克袜子！我的天呀！"不过也太迟了。

"是哪个兔崽子干的好事！"她们一起大声地向楼上骂道，"你们这群没有教养的人渣，怎么那么没有公共道德，太无耻了！是谁干的，马上给我……"谁知还没说完，又一股"农夫山泉"从天而降地来给她们润嗓子。

阿滩她们气疯了，不管三七二十一就往楼上冲去，一脚踢开了那个寝室的门，骂道："刚才是哪个兔崽子干的好事，马上给我滚出来！"那群男生动都懒得动，毫无表情地看着狼狈的阿滩。

"谁？！"阿滩又喊道。

"是我！怎么样，想单挑呀！"一个男生站出来，斜了阿滩一眼。

"你有种，一个不怕死的，今天不让你领教领教我阿滩的厉害，你就不知道'道德'这两个字怎么写！"阿滩狠狠地说道。

经过了十几分钟的激战，当我们赶去的时候，只见那个男生已成了一个落汤鸡。阿滩呢，瞪了他一眼，头也不回地走了。

从此以后，我们的窗台上每天都高枕无忧地晒满了鞋子和袜子，我们每天晚上也还是大声地唱我们的"室歌"，也还在继续和那个楼管员阿姨奋斗到底。

这就是我的野蛮室友！

细雨飘窗：

奔放的性格有勇往直前的好处，含蓄的性格有迂回委婉的优点。把握自己性格的特点，就是每个人处世的风格与成功的道路。

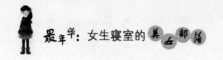

向男生开"炮"

张 婷，19岁，大学生

第一次发现异常情况的是蝴蝶——那天，当美女姗姗穿上黄色的小兜肚，在宿舍里来回试走"猫步"，让我们深深陶醉的时候，蝴蝶忽然一语戳破天机："对面有望远镜！"大家一阵忙乱，急着检查自己是否不经意间已经春光乍泄，然后又一齐望向对面，果然瞥见一架望远镜正架在对面宿舍的阳台上，几条可恶得出奇的"恐龙"正围着那家伙津津有味地欣赏免费时装秀呢！

　　我们跟男生之间因为偷窥接下了梁子之后，开始爆发了侵略、自卫和反侵略之间的战争。可以说，我们宿舍跟对面生物工程系的男生宿舍之间的"战争"，是经历过从战略防御、战略相持到战略反攻三个阶段的。

　　第一次发现异常情况的是蝴蝶——那天，当美女姗姗穿上黄色的小兜肚，在宿舍里来回试走"猫步"，让我们深深陶醉的时候，蝴蝶忽然一语戳破天机："对面有望远镜！"大家一阵忙乱，急着检查自己是否不经意间已经春光乍泄，然后又一齐望向对面，果然瞥见一架望远镜正架在对面宿舍的阳台上，几条可恶得出奇的"恐龙"正围着那家伙津津有味地欣赏免费时装秀呢！"神经病！""变态！"我们赶紧把门"砰"的一声关上，把窗帘"嘶"的一声也拉上了。

　　之后，我们把武器藏在宿舍里，提高了百分百的警惕，一旦发现对面有镜片反光，立即启动防卫措施——把门关上。但大热的天，老关着门的滋味着实不好受，万一要是捂出个什么痘痘来，那可不得了。NO，我们也要

向男生说"不"，我们也要行动起来！通过明查暗访，我们发现，原来自己班上的男生就有这种绝妙的武器！我们刚开口，男生个个痛拍大腿诉苦："冤哪，今年搬了宿舍，风水不好，这些苏联的武器派不上用场，你们要，跳楼价，打个五折拿去吧！"直叫我们哭笑不得，也不管三七二十几抢了三个便跑。

放学后，姗姗又穿上兜肚，大开舍门——才一分钟，对面的武器已高高架起。"冲啊！"我们蜂拥着挤到走廊，排成一队，架起三门"大炮"，轰轰轰，三对一！男生万分意外地把视线从镜旁移开直瞪着我们，我们也毫不示弱地"反瞪"。他们见势不妙，落荒而逃。

但老是这样也不能解决问题，我们哪有那么多的时间和精力来跟他们对峙，况且吃亏的还只能是我们。不行，得再想点儿办法。经过三天两夜的密谋，我们一致决定用水战，非打他个落花流水不可！

经过积极紧张的准备工作，一切ＯＫ了，十米长的管子已经接在了水龙头上。"姗姗，上！"果然，鱼儿又上钩了，只见对面镜片灵光一闪，我大喊一声："预备——放！"只见一条蔚为壮观的水柱带着七彩的虹光，直向对面射去——就在我们欢呼雀跃时，一声怒喝从对面宿舍传了过来："搞什么搞，这边没有着火呀！"

只见一个湿淋淋的人冲到走廊上，指着我们——天啊，是我们的学生会组织部长，刚才那反光的原来是他的眼镜片！我们立刻惊慌得像受了惊吓的麻雀一样四散逃跑，生怕他眼睛突然变得好使起来，认出了我们。

细雨飘窗：

成长是一种美丽，成长也是一种诱惑，成长更是一种痛。

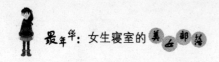

女生三楼楼长

郭艳霞，17岁，高 三

由于各寝室只管自扫门前雪，楼梯间就成了卫生死角、老大难。而楼梯间来来往往的人流量还挺大，如果不及时打扫，校长恐怕都不敢前呼后拥地进来视察了。没奈何，这个苦差事就理所当然地落在了楼长的肩上，谁叫她是咱们三楼的楼长呢？

"楼长"一职说大不大，说小不小。说她大吧，宿管部随便一个指示就够她张罗好几天的；说她小吧，压在俺"平头老百姓"的头上还是绰绰有余的。唉，谁叫她官大一级压死人呢！我们三楼的楼长，连名字都和这职务有缘分，叫楼凤首，好像天生就是为了奔这楼长的头衔来的。她长得五大三粗的，颇有几分壮观的意味，经常裸着袖子像农村妇女一样大大咧咧地出现在你的视线里，第一眼见到她的时候，姐妹们都忍不住问她："你是东北人吧？"

"NO，谁说的？"她把脸横过来，似乎觉得你的这种极不负责任的言论伤及了她的十八代祖宗似的，吓得你赶紧缩回了舌头，再也不敢随便言语。据说，楼凤首同学是来自河北某个偏僻的山旮旯，直到来这里上学才第一次走出连绵雄伟的大山。坐在火车上看到山外满畈地的高粱，她情不自禁地连喊了三声："我的妈呀！"楼长同志在老家是受过正规训练的，还喂过猪的，这一点我们是知道的。

她一说到喂猪的无穷乐趣，就把几个只在动画片里见过《三个小猪》的城里千金羡慕得要死，硬逼着她细细刻画，实在没有办法，她就模仿起猪来，趴在床上憨厚地做懒猪睡觉的姿势，几个城里小姐就知道了猪睡觉的时候就和楼长那样差不离，于是心满意足地走了。听这几个女生说，只要在书上或者听谁一说到

猪，自己从此就能马上联想到楼长，有时想起她的滑稽表演，还忍不住在课堂上笑出声来，终惹老师白眼，如果她们听说猪粪特别龌龊，而楼长同志小的时候还曾经用手收拾过，我想她们怕是要三天吃不下饭吧。

就是这个河北的乡下姑娘领导着我们女生宿舍三楼十二个寝室，九十六号人马迎着新世纪的春风，大步向前进。

开始的时候，因为大家觉得楼长大小毕竟还是个官，况且她的袖子上还总是戴着那个红卫兵式的袖章，和她交臂而过的时候，三米开外心里就已经开始肃然起敬，还真有点儿顾忌，再怎么说，她也是学校正儿八经的干部呀。

可是过不了多久，我们发现楼长虽然长得挺粗，其实心眼蛮好，还挺好说话的呢！有一天晚上，隔壁寝室一个特别胆大的女生（据说这个女生半夜敢起来赶耗子呢），晚上熄灯后在洗手间里把水龙头放得哗哗响，哦，正在洗衣服呢！没过三秒，楼长来了，是来视察整顿晚寝纪律的。她先是故意用力咳嗽，以示警告，可是那个女生丝毫不为所动，反而洗得更加起劲，楼长于是不得不敲开了门，该女生倒是底气十足地嚷道："当官不为民做主，不如回家卖红薯，你说，我这个时候不洗，明天起早还要上课，还要复习，还要考试，还要预备参加运动会……我哪有时间！"哦，是呀，遇上超级大忙人了。楼长不动声色地说："大家都要复习，大家都要考试，就你一个人忙，你这种行为是明显的个人主义，好了你一个，打扰千千万！"

"得，得，谁有空谁有种帮我洗了这几件衣服，反正我明天没空，非得今天晚上解决了不可！"她原本以为这样就可以把楼长吓倒，结果呢，楼长二话没说，抱起装了衣服的脸盆就走，反过来把她给吓傻了，张大了嘴巴半天也没有反应过来。

于是，大家都觉得楼长太软弱，楼长太窝囊，楼长太好欺负。为什么她能够帮别人洗衣服，却像监工似的不准我们吃东西，不准我们晚上谈谈心呢，这不是岂有此理吗？我们寝室坚决表示要向这种不公平的制度挑战，于是矛头直接指向了楼长。

有一天，我们发现了一个非常令人气愤的现象，快人快语的小燕子忍不住半夜爬起来痛斥我们班男生303宿舍的种种劣迹："你们说，他们男生303凭什么自诩大姐夫、二姐夫的，我们宿舍的女生凭什么要被他们糟蹋，还搞什么排行榜：说什么大嫂、二嫂的……"整个寝室开始躁动起来，大家都说是呀，凭什么那些男生这样耍流氓？这不是明摆着欺负人吗！舍长见音响越来越大，忙提醒大家注意影响，免得楼长来了逮个正着。

不说楼长还罢，一说楼长小燕子更来气："她凭什么那么神气，不就是个楼长吗？不就是管管宿舍纪律、打打扫扫三楼卫生吗？有种的替我们做主，把这个事给摆平了！我偏要说给她听——"听"字还没说完，一束强烈的手电光从宿舍窗户外探进来，楼长大人威严而庄重地站立在宿舍的窗外，大吼一声："还想不想睡觉了？不想的出来锻炼身体去！"宿舍里立马安静了下来，连小燕子都乖乖地躺了下来。舍长忙出来调停："楼姐，还没睡呢！"

"刚准备消停，还没脱衣服呢，你们寝室怎么回事？"

"没事，你去睡吧，再也不会说了，我保证。"

楼长绕着我们宿舍来回转了三趟才走了。第二天，下面的通报栏里明白无误地写着："女生303宿舍昨天晚上十一点三十二分严重吵闹，扣除纪律积分十分——宿管部。"恨得小燕子把嘴唇都咬出了血。

后来听说，我们班个头最高的男生马伟被楼凤首同学狠狠地扁了一顿。事情还要扯到第二天晚餐在食堂打饭的时候，楼长忽然横在了马伟的前面，劈头盖脸地问他："你是二班303宿舍的吧？"马伟和面前这位女子素昧平生，被问得丈二和尚摸不着头脑。瞧瞧她，心里不免有三分发虚说："好像是吧！"楼长走上前一把揪住了他的衣领说："那你是几姐夫？"吓得马伟像遇到母夜叉一样两股颤颤，几欲先走，受了这次警示之后，男生就再也没敢说自己是几姐夫过，我们的排行榜也没有再听说。小燕子歪着脑袋说："楼凤首这件事还像是人干的！"我们三楼女生都被她这种大无畏精神所折服，有人问她："马伟长得那么高大，你就当真不怕？"

她说："说实话，我自己心里也没底，但是我想他一个男子汉，还不至于跟一个柔弱女生干仗吧？！"是这样啊，所以才斗胆这么猖狂呀。

后来，楼长这个英雄救美女的壮举被传得越来越神乎，简直就成了现代版的武侠小说，现择取其中一篇经典之作权作回放：话说，女侠楼凤首遇见小瘪三马伟，这马伟天生丈二身材，虎背熊腰，威风凛凛，见虎虎不行，见狼狼自尽。但是楼女侠毫不畏惧，走上前去，使出一招九阴白骨爪，就在这刀光火石

之间，小瘪三立即就被制伏在地，一个劲儿地磕头服输，楼女侠厉声说："以后还敢欺负良家妇女吗？""小的再也不敢了，小的再也不敢了，请姑奶奶饶命！"这经过被几位行人看在眼里，惊得一位手拿铁锹的农民嘴里掉下了一米余长的口水来。

说实话，我做梦都没见过有农民扛着农具在学校走过，更别说会淌口水的那种了，倒是当时确实有一个厨房的大师傅手拿锅铲惊讶得傻了眼。

于是，楼长一夜之间成了我们学校的女英雄。

可是到了二年级，女生普遍变懒是连英雄都阻挡不了的。

首先发生变化的是寝室的卫生明显不如从前了。最先发生质变的是寝室门口的走廊，走过的时候谁都忍不住要皱眉，可是轮到自己值日的时候呢，偏偏又忍不住马虎应付了事。这可就苦了我们可爱的楼长了，她每天都要拿着一个塑料袋到处搜罗走廊上余下的白色垃圾。有一天，一位城里小妹不小心看见了楼长用手捡起地上踩得稀巴烂的塑料袋的惊世之举，于是很惊奇地问："楼姐，这么恶心的事，你也敢干？"

楼长用脏手将一捋刘海，刘海上就留下了那种很恶心的东西。她张开血盆大口说："小妹，这算什么，小时候，我还用手掬过猪粪呢！"把个花朵一般的小妹妹吓得撒腿跑出好几百米，一直蹿到了教室还心有余悸。

由于各寝室只管自扫门前雪，楼梯间就成了卫生死角、老大难。而楼梯间来来往往的人流量还挺大，如果不及时打扫，校长恐怕都不敢前呼后拥地进来视察了。没奈何，这个苦差事就理所当然地落在了楼长的肩上，谁叫她是咱们三楼的楼长呢？

楼长自此摊上了这等美差，大家路过的时候，如果看见楼长正在鞠躬尽瘁，免不了说她两句任劳任怨、尽职尽责之类的话来做精神安慰。

有一天，小燕子早上很早爬起来出去锻炼身体，外面黑咕隆咚的什么也看不见，结果在三楼下到二楼楼梯的最后一级不幸严重摔倒在地，头磕在墙上起了一个圆形的大鸭蛋。捂着这个残忍的大鸭蛋，燕子忍不住扔掉粘在脚下的香蕉皮破口大骂，清晨女宿舍宝贵的安静立马被打破，她先是骂乱丢香蕉皮的，明天早上起来准要掉进阴沟里不得翻身，后来丢香蕉皮的被骂得基本上没有了新词汇，可是感觉心里还不解气，总觉得有一个人忘记骂了，谁呢？哦，是楼长！不是她打扫楼道卫生吗？楼长上三代又被她骂了个遍，气方才泄得差不多。可是楼长为什么不出来理论呢？怕是理亏了吧？

楼长呢？

听说，楼长住进医院了。小燕子说："难怪我会踩到香蕉皮，原来是没了楼长了。"

舍长深有感触地说："是呀，还是少不了我们的楼长呀！"

我们于是开始自个儿在心里想起楼长的好来。后来大家一致决定明天星期六到医院去看望楼长，再怎么说，楼长大小还是个官嘛，大家都这样说。

我们还以为自己很讲人情味呢，哪知道来看楼长的人还真不少，连隔壁寝室最胆大的那位女生（楼长帮她洗过衣服）都留下了两滴感动的泪水。她说："楼姐可真勇敢，她说割阑尾一点儿都不痛，如果是我，非得哭爹喊娘不可。"

我们剥橘子往楼长的嘴里塞，问她："楼长，你还有什么放心不下的事吗？我们帮你干！"

忽然外面传来一声男生的大嗓门："什么事？我来干！"

楼长忍不住笑了："我最担心我们三楼的楼梯没人打扫，你能干吗？"闯进来的马伟立刻红了脖子，我们女生忍不住笑成一团。

小燕子说："楼长，你放心，今天的楼道我已经扫过了。"

"是吗？那你辛苦了。"

辛苦，楼长可是天天都这样辛苦的。小燕子说："楼长，我保证，以后天天都陪你一块扫，免得别人踩上香蕉皮摔倒了，可痛了。"

我们都说自己也要扫，而且还要排出值日表来。楼长欣慰地笑了。

小燕子把我拉到一旁说："走吧！"

我说："什么？刚来就走？"

"叫你走你就走，其实，今天我还没扫楼道呢！"

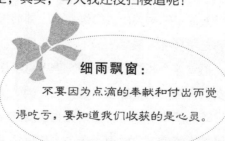

细雨飘窗：

不要因为点滴的奉献和付出而觉得吃亏，要知道我们收获的是心灵。

流星雨

余 娟，17岁，中专生

天上的流星像眼泪一样肆意地飘飞，它们激起我们一次次欢呼的高潮，站在阳台上的我们渐渐散去了仅有的一丝睡意。男生楼上接着有某位白马动情地弹起了吉他，这时候，音乐的确很合场景。调皮的男生看流星雨都不安分，也不知道是哪个寝室最先行动起来，前面的男生宿舍楼居然唱起了任贤齐的《对面的女孩看过来》，羞得许多女生红了脸颊。

还记得去年那场流星雨吗？朋友小丽问我。怎么会不记得呢？那可是我平生第一次看见那么多流星从天空滑落呢！

时间仿佛又回到了那一天，我又想起其间的许多细节来。本来学校领导是准备对学生封锁这条极其恐怖而可怕的消息的，免得晚上学生爬起来"闹事"不好管理，事实证明，他们的担忧是完全有必要的。结果报纸不争气，纷纷抢着头版头条刊登这样的爆炸性新闻，你想不知道还都不行！那一天，在校园里的每一个角落里都能听到这样的议论："听说今天晚上下流星雨，最高峰每分钟可达一百三十多颗，有这回事吗？"

"是呀，据说从十一点钟起就可以观赏了，一直要延续到明天早上天亮呢！"

"阿弥陀佛，千万可别下雨！"

老天也真争气，果真很给面子，没有变脸。

晚上，我们宿舍的女生躺在床上怎么也睡不着，就盼着早点儿起来看流星划破天空的美妙瞬间，然后许下各种各样奇奇怪怪的心愿，期望打上保险能够实现。尽管小丽一次次充满期待地爬起来跑到窗前张望、观察，但是天空却不见任何动静，别说流星，连根点着的火柴都看不到，所以就只能一次次失望而归。不该激动的时候偏偏过于激动，真正来了的时候，我们寝室的女生却又都睡得正香，最后一个个被不知哪来的巨大音响所吵醒。我们赶紧从床上弹起来，奔出宿舍大门外。啊，流星雨来了！

阳台上挤满了女生，虽然已经是十月底，天气已经有了一丝的凉意，但是那些没有披上外套的女生丝毫不为所动，每当天空一个高潮闪现，同时滑落好几颗流星的时候，她们就免不了激动地配合坠落的流星一起尖叫，目光随着流星划过一个美丽的弧线。

天空的流星多极了，简直就像晚风中飘飞滑落的漫天萤火。

忽然，男生宿舍那边一阵骚动，高亢的声音盖过了女生宿舍，女生的视线不禁被强烈吸引了过去。原来男生宿舍因为前面毫无遮挡，视角比较宽泛，观察到了我们女生不能看到的更壮观的景象，而我们女生观看这部分风景的权利全被男生宿舍无情地剥夺了。

天上的流星像眼泪一样肆意地飘飞，它们激起我们一次次欢呼的高潮，站在阳台上的我们渐渐散去了仅有的一丝睡意。男生楼上接着有某位白马动情地弹起了吉他，这时候，音乐的确很合场景。调皮的男生看流星雨都不安分，也不知道是哪个寝室最先行动起来，前面的男生宿舍楼居然唱起了任贤齐的《对面的女孩看过来》，羞得许多女生红了脸颊。女生楼当然也不甘示弱，马上组织起来发动了新的一轮的反攻，大家齐声高歌一曲《我是女生》。结果你来我往地渐渐变成了拉歌。我们班几个调皮的男生居然扯起破竹篙般的大嗓门声嘶力竭地高喊："201，来一个！一二三，快快快！一二三四五，我们等得好辛苦！一二三四五六七，我们等得好着急！"女生气不过，当真来了一首，结果男生忍不住也跟着唱了起来。

无可奈何的宿舍管理员完全失去了控制局面的能力。西边停了东边起，东边停了西边又死灰复燃，就是累死也不顶事。后来，连校长都惊动了，这还了得。他爬起来，叫上几个领导，拿起扩音器朝男生宿舍和女生宿舍这边高喊："教师宿舍楼顶都快被你们掀掉了，我看哪个班哪个宿舍还在疯！明天通报各班和班主任名单！"

校长这一招果然厉害，同学们听见校长的声音，兼加害怕班主任因为被公开通报丢了面子，免不了恼羞成怒，如果冲动起来还不知道会怎么处罚我们呢！于是大家都怕了，纷纷像钱塘江退潮一样，恋恋不舍地缩回寝室，进门的那一刻，许多姐妹还要悲壮地朝天空再瞥一眼，这最后一眼中也就包含了七分留恋的意味。也有胆大的，进了宿舍还不死心，把脑袋贴在窗户上眼睛直愣愣地朝天际盯着。

外面无能的宿舍管理员又开始了咆哮，那是他在狐假虎威地驱逐个别极端分子回宿舍里睡觉的猖狂举动，他把声音弄得这样的夸张、这样的过分，颇有三分杀鸡儆猴的意味。你们看，就是这种不知道情调为何物的可恶分子剥夺了原本属于我们的快乐。我们至今心里仍然耿耿于怀、闷闷不乐呢！

但是那天晚上的流星雨确实挺多，小丽很天真地猜测：莫非上帝的宫殿失火掉火芯了？我们寝室至今仍然有她这个大笨蛋在思索这个问题，她还挺神秘地说："要不怎么那么壮观，那么多？"

我一拍小丽的脑门说："丫头，你是不是童话看多了啊？！"

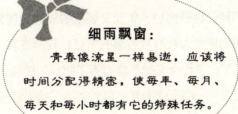

细雨飘窗：

青春像流星一样易逝，应该将时间分配得精密，使每年、每月、每天和每小时都有它的特殊任务。

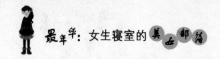

爽口泡菜

黄 燕，20岁，大学生

本来宿舍管理员大娘是视白兰鸽为眼中钉的，她曾没收过白兰鸽的厨具：酒精炉、菜刀、小案板等等等等喽，所以二人总是仇人见面分外眼红。可是就在她尝过那么一点点流散到别的宿舍的白兰鸽的泡菜后，她看白兰鸽的眼神就柔和多了。

直到现在，我还坚持认为之所以那么快获得白兰鸽的好感继而是信任然后做死党到现在，很有可能就是因为大一进新宿舍时我老妈递给她的那个大桃子。

当时的情形是这样的：我大箱小包，我老妈手拎着两兜水果气喘吁吁，我们娘俩就这样撞开了宿舍大门。迎面看见一个没头的身体正在和一床棉被纠缠撕打，那身体忽而把自己包进棉被，忽而又要摆脱棉被的包裹，忙活得很。

这是第一次见面的室友为欢迎我表演的节目？我简直有点儿莫名其妙了。

这时棉被竟说话了："我今天就不信治不了你！"然后，一个脑袋晃悠悠地从被套的开口处冒出来……那个脑袋就是白兰鸽的，她顶着一头因与棉被长时间摩擦生电而四散的头发用发亮的眼睛望着我和老妈，还有——那两兜水果。

"阿姨好，同学好，我是白兰鸽。"停顿一下，她盛赞，"好大的桃子哟！"抱着的棉被顿时弃在地上，双手腾空等待。

说真的，换了谁都无法承受白兰鸽极富感染力的惊叹，老妈忙掏出一个最大的桃子，径直递给了白兰鸽，脸上的神情好像在说这桃子是自己家种的一般。这是我第一次见识白兰鸽对"吃"的反应。那天白兰鸽吸溜吸溜地吃着桃子和老妈聊着天，而我却在她俩的欢声笑语中愤愤地铺着自己和她老人家的床铺，眼看着白兰鸽的手不时地伸进老妈给我带的水果兜……

　　白兰鸽后来给我做过解释，她这个人平生最大的爱好就是"吃"，其他的生活细节都可一切从简。难怪她套的棉被总是疙疙瘩瘩地盖在身上硌人。

　　在看过大导演李安的《饮食男女》七七四十九遍后，白兰鸽是这样说的："我要是有个这样的神厨老爸，死都不肯嫁，吃得嘴巴流油啦！"不对呀，"要是他老人家老得拎不动菜刀，不能给你做美食了，你怎么办呢？"我问她。白兰鸽决绝而彻底地回答："那我就在他老人家做的最后一顿晚餐上撑死，做个饱死鬼也不枉此生啊！"

　　白兰鸽不仅好吃，还喜欢亲自下厨。宿舍简直成了她展示烹饪手艺的厨房，包括我在内的宿舍一干姐妹也跟着她混得一点儿口福。严格的宿舍管理条例在白兰鸽看来还不如美食诱人，伴着宿舍窗口经常升起的袅袅炊烟，什么宫爆鸡丁、小火锅、东北乱炖就纷纷出炉了，这些美食急速提升了我们宿舍的人气指数，来串门的姐妹人来人往的，好不热闹。白兰鸽还在宿舍里腌制过酸辣爽口的泡菜！小胡萝卜、小黄瓜、野山椒，红红绿绿的好看不说，咬一口脆生生的，极开胃。邻家宿舍几个正减肥的MM吃过之后，胃口大开，减肥成果不久便付之东流。

　　本来宿舍管理员大娘是视白兰鸽为眼中钉的，她曾没收过白兰鸽的厨具：酒精炉、菜刀、小案板等喽，所以二人总是仇人见面分外眼红。可是就在她尝过那么一点点流散到别的宿舍的白兰鸽的泡菜后，她看白兰鸽的眼神就柔和多了。

　　终有一天，白兰鸽风风火火地冲进宿舍，直嚷："大娘要泡菜，大娘要泡菜！"然后小心翼翼地将悬在窗户外的小泡菜坛拎上来，抱在怀里又往外跑，路过我的时候，停住脚说了一句："美食的力量是伟大的，它还能化干戈为玉帛！"等她再回宿舍的时候，泡菜和泡菜坛都没影了。

　　"坛子呢？大娘吃肉不吐骨头啊！这招更狠！"吃不到泡菜的姐妹们狠狠地说。

　　"大娘的老伴最爱的就是泡菜就小酒，他瘫在床上好些年了！大娘说了，喝小酒吃泡菜是老伴最乐呵的事。多感人的老来伴啊！"白兰鸽望着窗外慢慢地说。

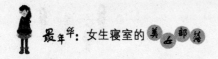

这一天白兰鸽都沉浸在感动里, 没嚷嚷着吃。

谁曾想, 管理员大娘的外甥开了一家火锅店, 尝到了白兰鸽做的泡菜, 大呼好吃。于是在大娘的引见下, 白兰鸽被请到火锅店示范如何炮制爽口泡菜, 报酬是我们全宿舍可以免费吃一顿火锅, 要知道那可是随到随吃的。望着火锅旁吃得稀里哗啦的白兰鸽, 我终于悟出一个永恒的真理: 一个人能够掌握一门手艺是多么的重要。

细雨飘窗:

青春是块原料, 迟早要制作成型。

美女的鼾声

宋春芳，18岁，高 三

这天夜里十一点了，别的寝室都已经熄灯入睡，唯独101的灯还亮着，日光灯旁一群昆虫在翩翩起舞，日光灯下三个人歪头歪脑、有气无力地靠着墙，共同对抗着吴丫的鼾声。所谓的"患难见真情"实际上和"苦肉计"没什么两样，大家静静地等待着吴丫大梦初醒的那一刻。

101寝室是典型的美少女组合。

酒瓶儿是一室之长，生活极有规律，每天十点多睡觉，六点钟起床，春夏秋冬，从不误事，是一个准时的"闹钟"。雨文是寝室里最温柔、最文静的一位，修养极好，连脾气也没有，人际关系数她最佳。钢化玻璃则是一个典型的娇女，最大的特点是好静。吴丫俗称"美女"，乃101寝室响当当的人物，不仅身材苗条，那秀秀气气的脸上更是显出了几分文静与聪颖，就连她掏出来的小手绢也是折叠得有棱有角、整整齐齐的，任何时候绝不失淑女风范，弄得常有男生对着寝室高唱："对面的美眉看过来！"

不过在开学的第二天晚上，寝室里便出了麻烦事。大家刚进入梦乡，一阵怪怪的声音传来，有时犹如莺莺细语，使人睡意绵绵；有时像箱铁匠铺里的钢化玻璃箱，"呼啦呼啦"。酒瓶儿叫醒几位同伴，嬉笑了好一阵子，想不到美女也有出丑的时候。

刚开始，大家觉得很新鲜，可不到几天，问题就接踵而至了。酒瓶儿的"生物钟"遭到破坏，出现前所未有的失眠；雨文每天都会被吵醒，性情一下变得暴躁起来；钢化玻璃则在晚自习后独自在宿舍外游荡一两个小时再睡觉，有一次，她还被生活老师当成"女贼"抓了去……整个寝室陷入一场可怕的"鼾声危机"。

在酒瓶儿的带领下，三人决定实行一项具有组织性的"治鼾"行动。大家首先决定用"攻击法"把吴丫弄醒，让她由睡眠状态进入半睡眠状态，不料大伙一番用力，吴丫像只贪睡的猪，翻个身吁了口气又睡着了。

钢化玻璃建议采用"说服法"，可吴丫一脸的无奈，说自己是无辜的，睡后所作所为也不是她想的。不过为了不引起公愤，她只得同意几位美女所谓的"防御法"。晚上，钢化玻璃用毛巾塞到吴丫的嘴里，再用一条毛巾蒙住鼻孔，大家以为大功告成了，不料几位美女刚躺下，吴丫那一长一短的"呼噜"又响起了，仔细一看，两条毛巾片刻之间就被丢到了寝室的地上。

计划的失败让大家都变得筋疲力尽，好在雨文的安慰与鼓励使得酒瓶儿和钢化玻璃树起了信心。这天夜里十一点了，别的寝室都已经熄灯入睡，唯独101的灯还亮着，日光灯旁一群昆虫在翩翩起舞，日光灯下三个人歪头歪脑、有气无力地靠着墙，共同对抗着吴丫的鼾声。所谓的"患难见真情"实际上和"苦肉计"没什么两样，大家静静地等待着吴丫大梦初醒的那一刻。

第二天晚上，大家谁也睡不着，想等美女的鼾声平息下来再睡，可过了十一点，却迟迟听不到鼾声，大家奇怪了。雨文昏昏沉沉地问："美女怎么还不打鼾呢？"几位还没有接上话，吴丫有气无力地说："我还没有睡呢，哪来鼾声。"

细雨飘窗：

最大的幸福，莫过于给人带来幸福；最大的痛苦，莫过于给人带来痛苦。

快乐大本营

王 霞，19岁，大学生

> 406的人极爱说笑，而且决不放过一分一秒的空余时间。常常可以看到406的人在晚上十点半熄灯之后还锲而不舍地继续谈笑风生直至夜深。实在是太晚了，才拿起毛巾牙刷一同去洗脸刷牙。于是就看到偌大的盥洗室本来夜深人静的，忽而多了几个疯婆子。刷牙时也不安分，常常笑话连篇，造成了几个人要么双手叉腰仰天长笑，要么蹲在地上口吐白沫。

这个题目的确是老套了点，但"406"在她的成员心中已不仅仅是一个寝室的号码而是一个象征了。况且，406的女孩子们绝不老套，406的故事也是说不完的。

406位于某幢学生公寓的四楼倒数第三间四人房坐北朝南，故有冬暖夏热的特性自不必多说。重点是406里的女孩——我、琪琪、小丽、老大及老大的接班人阿豪（有人问为什么四人房里有五个人，此为后话）。

首先说说自己吧，自从成为室长之后，便成了406的管家婆。只是这室长之名来得莫名其妙。我只记得有一次层长敲门问我们406谁是室长，因为那时我正在打电话也就没多发表意见，剩下的四个人互相推三阻四地推托，谁都不愿接受这份"美差"，最终达成一致意见报上了我的名字，直到我挂上电话才知道自己"荣升"了。可论年龄，我排倒数第二，上不着天，下不着地；论才智，我天性愚钝反应迟缓；论相貌，更是平庸得很。思来想去，越来越觉得心虚。于是这"室长"就像大山压顶一般名不正言不顺几乎使我抬不起头来了。更何况只要是带"长"字头衔的官儿都不好当，包括家长。所以我又哪里敢称

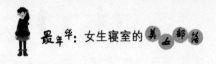

"长"呢？

不过，提及"长"，就不能不提老大了。老大之所以谓之老大，其原因有二：首先老大是四人之中最为年长的一位；其次是老大既属猴又姓孙。这就不由得让人联想到西游记中的齐天大圣。本想称其为"猴哥"的，但考虑到万一走在大街上冲着一位只有八九十斤体重的纤弱女子喊上一声"猴哥"，可能会威胁到其他路人的生命安全，所以只好改称其为老大。老大极有领袖风范，这不仅表现为她在介绍自己姓氏的时候总说是孙中山的孙而不是孙悟空的孙，还表现为每当她说完一段自己觉得可以和毛主席语录相媲美的话之后就会说鼓掌，随后带头拍起了手，于是我们也很识趣地热烈鼓掌喝彩以表达我们对老大的敬仰。老大也是一个循规蹈矩的人，每每空闲下来，就会带领我们大家一起研究《学生手册》，告诫我们不要因为年轻气盛而犯了校规，对此我们总是深表感激并且牢记于心。可是老大却经常被我和琪琪气个半死，原因是我俩极喜拌嘴，而且越拌越开心，越说越融洽。但老大总误以为我们在吵架，于是苦口婆心地好声相劝，最终落得个多事之嫌。可怜呀……

说起琪琪，在她身上聚集了南方女孩的所有特征，加上射手座独有的个性，使他成为406最为活跃的一分子。每天都能听到她很夸张的笑，要么是笑得伏在桌上拍得咚咚响，要么笑得贴在门上做"吸附"状。而且她的笑声感染力极强，每回看她笑，其他的人也会跟着开心。当然，再快乐的人也有烦恼的时候。对于琪琪，世界上就有两件事让她感到非常悲哀。一件事是身材娇小，在我们看来真是小巧玲珑。然其母嫌其矮小，曾拍其肩，神情肃穆、语重心长地言道："汝既已成此模样，亦无药可救。但万万不可自暴自弃，需加倍努力，他日定可与他人同。"之后琪琪便以"身残志坚"作为座右铭，实是令人感动。

至于小丽，则是406的乖乖女和好学生，也是406最安静的一个。学校有上晚自习的规定，我们这群人是能赖就赖着不去了，但小丽绝对是个好孩子。与她相处了两年，我算过她没去上晚自习的次数总共只有三次，一次是生病；另两次是因为有一晚她在教室里看书看了近一小时，无意间发现教室里竟只有她一个人，于是后两晚就赌气待在寝室里不去自习，但最终还是在第三晚又老

老实实地去了。别看小丽平日里沉默寡言的，正所谓"真人不露相，露相不真人"。记得有一次，我和琪琪无意中发现自己手臂上的汗毛太明显，要知道女孩子总是很在乎这些的。于是两人埋怨了半天，怎么都开心不起来。只听小丽在一边劝了一句："你们知不知道'马瘦毛长'？就因为瘦了，毛才会显得长嘛！"顿时让我和琪琪开了悟，由忧转喜还乐了老半天，全然没有在意到这个句子的主语。

就这样，四个女孩在406快快乐乐地度过了一年。后来，老大搬走了，留下一张属于她天秤座的星座卡挂在床角，说要我们见卡如见人时刻怀念她。

不久之后，搬来了另一个女孩填补了老大的空缺，就是阿豪。其实不是我们起的这个不雅的绰号，实在是因为她名字用拼音打出来的时候出现的就是这两个字，于是顺理成章地这么叫了。

阿豪初到406时，人生地不熟，但一眼就瞥见老大的"遗物"——天秤座的星座卡。你说巧不巧，她也是天秤座的。于是以为这是为她所准备的，压根儿没料到是老大让人们怀念她用的，还直呼"有缘有缘"。没过几日，我顺手弄了包泡面给她吃，没想到她竟是个视泡面为生命的人。于是倍感406之大家庭温暖，当场发誓生为406的人，死为406的鬼。虽然阿豪与老大为同一星座的人，但性格迥然，颇有侠女气概。最能体现其侠女气概的一件事便是她夜半捉鼠了。一日夜里，就听见黑暗中一阵乒乓乱响随即又归于死寂，大家都以为是阿豪梦游，也就不敢多加言语。第二天一早询问其状况，没想到她竟然说是在捉鼠，还绘声绘色、眉飞色舞地告诉我们她夜半如厕时无意间撞见那只小贼，又怎样智勇双全地将其围捕，最后如何用戴了一副厚手套的右手将那厮抓住扔出窗外的。我们听得目瞪口呆、呆若木鸡，深觉徒手抓鼠这一绝技非大智大勇所不能为，于是全都拍手称好"赞不绝口"钦佩万分。我也以406室长的身份对阿豪这种为保卫406寝室安全卫生与坏分子展开殊死搏斗的先进事迹予以口头表扬，并授予其"捕鼠英雄"的光荣称号，压根儿忘了她抓鼠的那副厚手套是我的。

阿豪的到来，就像一颗石子扔进了水里，406从此更加活跃。

从此以后，时常能看到吃晚饭的时候几个女孩从某幢楼的四楼走下来，穿着睡衣、拖着拖鞋、披头散发一路踢踢踏踏地走到路边一个熟得可以称兄道弟的卖蛋饼的小贩面前，在众目睽睽下面不改色无赖一样地丢下一句"赊账"，然后人手一个蛋饼在众人的目送下头也不回地一边吃一边沿原路返回（请看到这篇文章的读者不要随意模仿，因为这样做不仅要有极高的信用度和极好的人际关系，而且要能保证在最短的时间内还钱不拖欠，此事非406所不能为也）。

406的人极爱说笑，而且决不放过一分一秒的空余时间。常常可以看到406的人在晚上十点半熄灯之后还锲而不舍地继续谈笑风生直至夜深。实在是太晚了，才拿起毛巾牙刷一同去洗脸刷牙。于是就看到偌大的盥洗室本来夜深人静的，忽而多了几个疯婆子。刷牙时也不安分，常常笑话连篇，造成了几个人要么双手叉腰仰天长笑，要么蹲在地上口吐白沫。终于吵到了邻近的几个寝室，有一女生揉着惺忪的眼睛很委屈地说同学拜托你们安静一点儿好吗。于是只好灰溜溜地回寝室并且在进寝室之前还看了看有没有人跟踪，以免让人知道是406的人影响社会正常秩序而败坏406的声誉……

406的女孩子就是这样一群女孩，406就是这样的一个寝室，不，应该说是一个家庭吧。在这个家庭中，有着每个成员对406的深厚情感和永远都讲不完的故事……

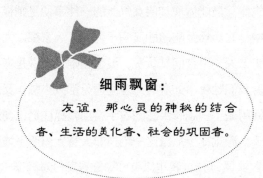

细雨飘窗：

友谊，那心灵的神秘的结合者、生活的美化者、社会的巩固者。

406寝室的第108号令

田虹霞，16岁，中专生

恰好这次开学全班换寝室，我们原406寝室成员做出了最后的决定，也是有史以来的最后一项法令——第108号法令：分散，并重新组合。把我们寝室的成员分散到其他各寝室，让大家共同监督，帮助解决迟到问题。

说起我们女生406寝室，它在我们班那可是绝对出了名的，甚至都已到了"深入人心"的程度，可要我说出名的原因，还真有点儿不好启齿呢！唉，算了，反正都已出名了，也不在乎再出名一点了。

说起我们寝室嘛，还真算得上是个快活林，而我们寝室的八大姐妹就像是在这林中自由飞翔的小鸟，整天叽叽喳喳地叫个不停——每到中午和晚上，我们寝室是最热闹不过的了，常常在争论潘安与金城武谁更有型、思索苏东坡的前妻怎么死的、贾宝玉他怎么会姓贾、郭芙砍杨过胳膊究竟是用左手还是右手、楚留香有几个女友而大侃特侃各自的高见。因此，快乐总是洋溢着这座"快活林"。可事实上，我们寝室出名的真正原因却是我们全体室员的通病——懒散。因为这个通病，我们经常早操迟到，甚至旷课；因为这个通病，我们常常挨班主任批评，在教室里罚站。

11月6日，星期四，406寝室。

"懒虫起床，懒虫起床！""呀，糟糕，闹钟慢了，都已经6：10了，快起床了，再不起床，今天又要迟到了！"小雨那一声响雷似的喊声把我们都给震醒了。顿时，寝室里叫声一片："呀，惨了惨了，今天又要挨训了！怎么搞的嘛，灯亮了我怎么一点儿感觉也没有呀！"晴晴一边嘟囔着，一边迅速地穿衣、洗脸刷牙，而有的人则不慌不忙地做着同样的事情，还一边自我安慰地说："反正迟到已成定局，挨训也在所难免，那就没必要那么慌张了。当然还得在早自习之前赶到，不然就不是挨一顿训就能了事的！"小雨是我们寝室迟到最少的一个，此时她已冲向了门外……

好不容易我们全体收拾完毕，这才开始撒开腿往教室跑，因为此时离上课只有五分钟了。当我们气喘吁吁地跑到教室门口时，只见平常很少挨训的小雨还在门口站着，"你怎么没有进去？"我们轻声问，小雨伸了伸舌头，指了指教室前的黑板，只见上面赫然写着：吃零食，××同学。原来班主任在训人，看到我们寝室八个人，瞪了我们一眼之后便示意我们到里面站着。然后，他又转向吃零食的同学，进行一个个的批评教育，等到班主任教训完那几个"倒霉蛋"（为什么叫他们倒霉蛋呢，原因很简单：昨晚大家都在大礼堂看演出，可班主任就抓着他们几个）。早自习已经下了，我们八个人也跟着站了一个早自习，正要喊"下课万岁"的时候，班主任却说了句："其他同学下早自习，406的留下来开会。"惨了，原以为他会大赦天下，却没有料到还是难逃一劫！看看其他同学那副幸灾乐祸的样子，再看看我们那副德性，那场面，简直比以前革命电影英雄儿女相亲见面时还要尴尬。现在想起来，怪不好意思的。

于是从那天起，我们寝室便觉得必须痛改前非了，其实，为了改掉早操迟到的毛病，我们已经先后颁布了数十条法令。可是由于"江山易改，本性难移"，这个毛病一直未能根除。

恰好这次开学全班换寝室，我们原406寝室成员做出了最后的决定，也是有史以来的最后一项法令——第108号法令：分散，并重新组合。把我们寝室的成员分散到其他各寝室，让大家共同监督，帮助解决迟到问题。

虽然这第108号令让我们406成员分开了，但为了不再挨班主任的训，养成良好的行为习惯，我们八姐妹也只能互相握手挥别了！不过还好我们仍然在一个班级中，我们坚信：友情若是久长时，又岂在朝朝暮暮！

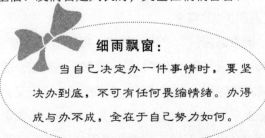

细雨飘窗：

当自己决定办一件事情时，要坚决办到底，不可有任何畏缩情绪。办得成与办不成，全在于自己努力如何。

从406到407

马沙沙，18岁，大学生

> 缨子站在房间中央，看着冯贞在一旁忙个不停。她还是有点儿不敢相信，自己就这样无声无息地从406跑到407了，连个简单的告别仪式或是欢迎仪式都没有。

缨子一直在考虑自己为什么要选择到407来。

后来她在一篇大作中写道："滚滚红尘之中，千人万人之中，不偏不倚，偏偏是我们几个，相聚在这小小的一室，除了缘分，还能如何解释呢？"学校搞什么寝室文化活动周的时候，缨子把这篇文章随便抄了一下交上去，没想到居然还得了个优秀奖。其实，这也很正常，她的特长原本就是把本来挺平常的小事，描述得面目全非，你还不能说她是瞎掰。如果她写道："一刹间你的笑容阳光般温暖了我全身，沐浴在你的注视你的气息里，除了陶醉我别无选择。"而实际情况是一个长得像猩猩的大个子男生打饭时为了插队，冲她很赖皮地笑了一下。如果她写道："你永远不会知道，你的鼓励是如何在我内心深处激荡；你永远不会知道，我平静的外表之下涌动着怎样的热流。你不会知道啊，那一刻你的眼神，将改变我的一生。"不用问，那一定是讲文学史的老潘当堂表扬她什么了。缨子一提笔就这么惊涛骇浪，让熟悉她的人不免替她担心，不知道她瘦小的身躯如何能承受得起如此频繁而又强劲的感情冲击。

其实，缨子她很少考虑缘分这等复杂的问题。再说了，她从406搬到407，完全是因为好友冯贞的撺掇，跟缘分什么的根本扯不上边。再说了，哪有什么事都跟缘分有关呢？

从406搬走的那天下午，为了庆祝（她说终于可以摆脱那种枯燥乏味的气氛了），冯贞新买了一套漂亮的裙子，惹得缨子很羡慕地欣赏，一副爱不释手的愣相。正在这时，冯贞的传呼机狂响起来。"又是他！"她看了一下，有点儿不耐烦。

"又是三班那个帅哥？"缨子问。

"什么帅哥，简直就是他妈的口香糖！"冯贞一边说一边打开电视机，调大音量，"帮帮忙，模拟一下学校小卖部的气氛。"

她又磨蹭了一会儿才拨通电话："什么事啊？没事你老呼我干什么呀？我在小卖部呢，好吵啊，打电话的人又多，不方便……"她给缨子丢眼色。

缨子马上配合，凑到电话边大声嚷嚷："老板，我要一袋康师傅！"

冯贞放下电话以后爆笑不已："怎么样，当初让你跟我一块搬来407你还不干。你看看，多舒服呀！"

这一句话，让缨子的心动了一下。是啊，为什么不呢？

于是，缨子就住进了407。

朱燕把桶啊盆啊什么的都堆在唯一一张空出来的床上。她恨恨地看了缨子一眼，开始手忙脚乱地收拾。缨子心里笑了一下，不理她。

魏菲说："欢迎欢迎啊，你住到这里，就更热闹了。"她摆弄着四五支口红，挑挑拣拣，终于选定了，然后开始涂。

郭涟珠坐在角落里不说话。她惜字如金是出了名的。在课堂上，老潘让她分析哈姆·雷特。

她说："复杂。"

"什么复杂？"

答："性格。"

"你就不能多说一个字吗？"老潘似乎心有不甘。

郭涟珠看了他一眼，给了他个面子，说："哦。"

马沙沙不在。她一定是在图书馆。此女有"超人"之称。大家都知道，如果在教室找不到马沙沙，在寝室找不到马沙沙，在食堂找不到马沙沙，在厕所找不到马沙沙，那么可以断言：她肯定在图书馆。这话当然是女生说的，男生一般都不会找马沙沙，自从知道了马沙沙不会把作业借给他们以后。

周晓鹃也不在。美女嘛，活动多一点才是正常的。

缨子站在房间中央，看着冯贞在一旁忙个不停。她还是有点儿不敢相信，自己就这样无声无息地从406跑到407了，连个简单的告别仪式或是欢迎仪式都没有。

细雨飘窗：

自我热爱是一种最微妙的感情，比世界上最敏感的人还要敏感。

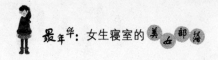

日子

徐红霞，22岁，大学生

大四了，大家忽然来了雅兴，琴棋书画风行了起来！宿舍里，一边下五子棋，黑白对局，你来我往，杀得不亦乐乎；一边琴弦声声，《同桌的你》有望在毕业前练成——不过目前还处在咿呀嘈杂难听的初级阶段。如此温馨的日子，真想永远置身其中，再不出来。然而，这样的日子已经不多了！

大四一开场，生活就好像一下子改变了许多，似乎总有一种很茫然的感觉充塞在自己的身边。有时忙忙碌碌，连淑女形象也顾不上去照料，有时又松松垮垮，心里闲得要命。睡觉的时候，总有个声音在耳畔念叨：剩下的日子不多了！

保研的名单一确定下来，宿舍生活就四分五裂了。考研的人仍旧是早出晚归，整天不见踪影，恒心可鉴，勤奋有加，让人不服不行。保研的人当然悠闲，已经开始四处找零工了，这样，既可以充实自己的口袋，又可以打发无聊的时光，乐得逍遥，让你羡慕得不行。唯有本小姐，这个没资格保研也无实力考研的人，还在为英语四级而孤军奋战。已是三朝元老了，越临近考试的日子，心里就越恐惧，有时候忍不住骂自己：怕什么，大风大浪都过来了，你呀，真是笨得可以！为了保持心理平衡，我不断告诫保研的两位要注意体形，也给她们增加点儿危机感。

有人说，大学里不恋爱，这大学就等于是白读了。为了不白读，更为了面对现实，许多人都在这时发起了最后的猛烈攻势，以期在最后一年里，摘得爱情果子。隔壁好友刊登了一条征友启事，结果邮箱被塞得满满的。惹得一个口齿伶俐的男孩运用"抢逼围"三字战略，外加糖衣炮弹轮番轰炸，没过多久就

迎得了好友的芳心。作为左邻右舍的我们，也从中得到了不少实惠（如又甜又大的苹果、橘子之类），所以立即撺掇着要给两个保研的舍友找男友，岂料，两位烈女坚决表示誓死不从。众人不免大喊：如此清闲，不找男友，干啥去？

不知道应该感谢谁，保研的名额一扩再扩。保研的人多了，再加上我这类不思进取之辈，宿舍生活也就变得分外优哉游哉起来。大四了，大家忽然来了雅兴，琴棋书画风行了起来！宿舍里，一边下五子棋，黑白对局，你来我往，杀得不亦乐乎；一边琴弦声声，《同桌的你》有望在毕业前练成——不过目前还处在咿呀嘈杂难听的初级阶段。如此温馨的日子，真想永远置身其中，再不出来。然而，这样的日子已经不多了！

蓦然回首，发现校园的林荫道上又铺满了金黄的银杏叶，依旧如往年那般可爱！有时候我突然觉得自己似乎已经对这个地方动了真感情，心里好像挺放不下、挺留恋的。所以，寝室排球赛打响的时候，又跑到操场上去喊了几嗓子，这次要是不喊以后就是想喊恐怕都没有这个机会了。虽然多年来自己一直跟球场无缘，无权登场为班上女队效力，但毕竟已喊了三年，怎么说也得站好这最后一班岗，壮好自己的声威。

看着师妹们排成整齐有序的拉拉队，发出尖锐的号叫，有时候突然就觉得自己比起她们似乎已经老了很多。唯一值得安慰的是，女队在乙级苦熬三年后，终于抓住最后时机晋升甲级了！多年心愿终于了却，真不枉我口干舌燥地为之辛辛苦苦喊了四年哪！

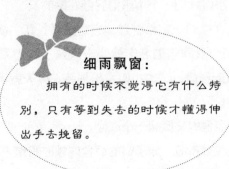

细雨飘窗：
拥有的时候不觉得它有什么特别，只有等到失去的时候才懂得伸出手去挽留。

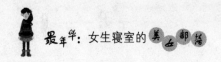

寝室小品

王 琼，17岁，高 二

　　老杨和莲子你看看我，我看看你，都羞愧地低下了从来不认输的头。此时，姐妹们挤眉弄眼地向我竖起了大拇指，说："高，实在是高！"在阵阵喝彩声中，"老杨"和"莲子"终于握手言好了。

　　寝室里有一对活宝，常常因为一点点小事就互相抬杠。晚自习后，姐妹们经常能够免费观赏同睡上铺的"老杨"和"莲子"二人不知疲倦地斗智斗勇。可不是，今天，她们又为双方突破"三八线"一事而针锋相对，这一对活宝的拙劣表演被我看在眼里，扑哧一笑，计上心来。

　　第二天午饭后，当几只喜鹊叽叽喳喳地飞回爱巢后，我笑呵呵地宣布道："请少安毋躁。本宿舍今天中午集体活动，由王大妹子、小翠和我三个人给大家演一出小品，小喜鹊们意下如何？"

　　"好——啊！"小姐妹们一个个乐得屁颠屁颠的。

　　"这个小品，也许你们一定都看过，它是由潘长江主演的，名字就叫《三号楼长》，那里面两个女同志的名字就叫王大妹子和小翠！当然剧情略有发挥。"我像一位高傲的导演，"本小姐女扮男装，今天就当一回潘长江吧！联合赞助单位：本宿舍！"

　　"好——啊！"宿舍内又掀起一个高潮。

　　"演出开始。"我宣布道。炸了锅的宿舍内顿时鸦雀无声。

　　王大妹子和小翠正在为锅碗瓢盆的小事互相指责，双方互不相让，气氛非常紧张，我，女"潘长江"正在劝说，可是双方不仅不能理解，还说我偏袒对方，真叫我里外不是人哪！

双方闹得简直不可开交。王大妹子指着小翠的鼻尖儿说："你也欺人太甚了，你的褥子频繁侵入本小姐的神圣领土，我向你提出强烈抗议！"

小翠反过来指着王大妹子的眼珠子说："你眼睛瞪那么大干啥，啊？你拖鞋放我这边来了，知道不？"

"潘长江"急忙调解说："不要吵，不要吵！有理好好讲啊。"

小翠说："哼，我的凤被是大了点儿，可也不至于侵占她的一片宝地呀！"

王大妹子也不甘示弱："哼，我平时是有些乱放拖鞋的毛病，可我招惹谁也不敢招惹你呀！"

王大妹子说："是你先惹我的！"

小翠说："是你先惹我的！"

"潘长江"火爆爆地拉开双方后，说："好了，好了！你们还有完没完呀，也不怕别人耻笑！再说，本来你们是友好邻邦，可就是因为你们私心太重，霸气太大，谁都想挑尖，只想自己，就是不为对方着想。你们知道吗？本是同根生，相煎何太急。你们为啥不能在相互理解和相互忍让中，成为一对睦邻友好的姐妹呢？"接着，我就掏出了一颗红心，甭担心，只是玩具而已。

交战双方见我"晕"了过去，也急了，忙不迭地说："我俩其实也没啥大不了的，只要你醒过来，我们两句话挑明了，不就和好了吗？"我一跃而起，突然室长嚷嚷："不对呀！不对呀！"什么不对？大伙莫名惊诧，这不是挺好的吗？"还忘记了一句十分重要的台词！没有拜托我们帮着找一个白马王子呢？"寝室里忽然闹哄哄的，笑成一团。

老杨和莲子你看看我，我看看你，都羞愧地低下了从来不认输的头。此时，姐妹们挤眉弄眼地向我竖起了大拇指，说："高，实在是高！"在阵阵喝彩声中，"老杨"和"莲子"终于握手言好了。

从此，本宿舍的姐妹们，相互忍让、相互理解，亲如一家人。

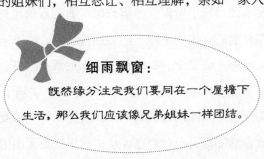

细雨飘窗：

既然缘分注定我们要同在一个屋檐下生活，那么我们应该像兄弟姐妹一样团结。

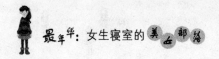

北二舍的女生部落

毛秀兰，18岁，大学生

一天下午没课，几个同学便要烤鱿鱼，一时高兴忘了派人去侦察，便拿出了家伙——酒精炉，金黄的鱿鱼干在火上烤得"吱吱"响，整个寝室充满着浓郁的香味。我们烤得正欢的时候，隔壁寝室的"眼线"跑进来报告说"有人来了"，害得我们一阵惊慌，胡乱将炉子和鱿鱼藏了起来，装作若无其事地看书。

在理工大读书的时候，我们女生住在校园北侧的北二舍。因此女生集中营北二舍被男生号称为"熊猫馆"，是全校的焦点所在，颇有盛名。因为理工大是以理工科为主的综合性大学，男生多如牛毛，不值钱；女生少得可怜，所以女生在学校里特别受宠，长期享受稀有动物级别的待遇。

每到周末，光顾北二舍的男生特别多，院子里人来人往，热闹非凡。就在这里，我度过了四年欢乐的时光，至今仍然不能忘怀。

北二舍四周是用高墙围起来的，仅仅安有一扇带锁的大铁门。围墙外面有一片小树林，白天是读书的好地方，到了晚上便成了谈恋爱的好去处了。但是理工大有个让恋人很头疼的规定，就是晚上十一点钟锁宿舍大门、熄灯。可树林里的小恋人经常谈得忘乎所以，连宿舍熄灯前的音乐也充耳不闻。往往在熄灯以后，被关在外面的女生便不顾一切地摇铁门，"咯吱咯吱"的声音响彻整个宿舍，弄得大家都无法安宁。有的甚至顾不上淑女形象，翻墙而入。后来，宿舍管理员为了各位女生的安全，想了一个办法：吹哨子。以后，每到关门前，北二舍就会想起一阵阵刺耳的哨子声，督促树林里的女生回宿舍。这时我们从寝室往下看，准能看见一对对恋人从树林里鱼贯而出依依惜别，像是埋伏

了许久的游击队员听到了进攻的号声。于是，这睡觉前的哨子声便成了北二舍一道独特的文化风景线，某公还在校刊上撰文《话说北二舍哨声传来》。

我们寝室的几个同学都是第一次出这么远的门，晚上熄灯后，在床上翻来覆去睡不着，一个同学索性哭了起来，弄得我们鼻子也是酸酸的。不知谁提议，反正睡不着，大家一起说说话吧。这样的卧谈会在以后的日子里便一直延续了下来，谈的话题简直可以说是五花八门，我们寝室谈得最多的要数关于吃的话题了。学校的大锅菜味道欠佳，口袋没钱，又吃不起小炒，唯一值得安慰的就是晚上躺在床上你一言我一语，说着自己吃过的最美妙的东西。越说肚子越饿，越说自己嘴巴似乎越馋，连洗发水都要检验检验，生怕哪位同志私藏军饷，偶尔还会传出一阵肚子"咕咕"的声音，引得大家哄堂大笑。这时，笑声渐渐代替了饥饿和浓浓的乡愁。

提起吃的，还要说到一件趣事。

我们每个学期开学的时候，特别是过春节以后，每个人都会从家里带来一些当地的土特产。为了品尝各种食物，有时难免要用火加工，但是据说学校白纸黑字明文规定不准在寝室"野炊"，所以每次行动总是很隐秘地进行，当然心里还免不了提心吊胆。可是面对如此可口的东西，也顾不得那么多了。偶尔来了宿舍管理员，就像对付鬼子进村一样，各寝室相互通报，就差没有在校广播站宣传一下了。

一天下午没课，几个同学便要烤鱿鱼，一时高兴忘了派人去侦察，便拿出了家伙——酒精炉，金黄的鱿鱼干在火上烤得"吱吱"响，整个寝室充满着浓郁的香味。我们烤得正欢的时候，隔壁寝室的"眼线"跑进来报告说"有人来了"，害得我们一阵惊慌，胡乱将炉子和鱿鱼藏了起来，装作若无其事地看书。

刚藏好，宿舍管理员就进来了，是个姓刘的老太太，用老鹰一样锐利的眼光审视着我们："怎么这么香？你们是不是在炒菜？"我们一个个装作莫名其妙的样子："香？没有啊，你闻到了吗？"老太太东瞧瞧、西嗅嗅，没能找出什么东西来。我们都忍住不敢笑。一个老练点儿的同学说："刘阿姨，你是不是搞错了？可能是下面熟食店炒菜的味道飘上来了吧！"别的同学都醒悟过来，连忙附和说："对对对。"这个说我们宿舍好像天天都能闻到这样的味

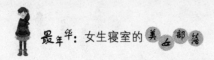
道，时间长了倒没有感觉了；那个说我们女孩子怎么敢在宿舍里炒菜呢？那可是违反舍规的事情啊！

老太太见我们不承认，又抓不出什么把柄，也没办法，只好悻悻地走了，临走时还教训了我们几句。

她前脚刚走，我们后脚就偷偷地欢呼起来，立刻翻出烤好的鱿鱼，边吃边乐，还调侃说，这刘阿姨的嗅觉可真够灵的，简直和猫一样。从此我们美其名曰：猫姨。

细雨飘窗：
生活乐趣的大小是随我们对生活的关心程度而定的。

睡在下铺的玉兔儿

张 欢，16岁，中专生

在我写这篇文章的时候，玉兔儿瞧见了大量的"玉兔儿"，便一言不发地走了。想必等待着我的定是一场"暴风雨"。那关于玉兔儿的故事，我以后再慢慢告诉你。天哪，玉兔儿抱了根棒子，贼笑着朝我奔来，完了，我要逃命了。

一

我总觉得玉兔儿这个名字总比玉兔儿这个人酷得多。

玉兔儿这个人嘛，倒是冰清玉洁的。可我就讨厌她在我面前示威（本人长发飘飘，为它耗费过不少时间）似的精心侍弄着她那几缕没有鲁迅先生的那般精神抖擞的"寒发"！

每每到了我实在忍不住的时候，我就对她说："嘿，玉兔儿，你把这个发型改改吧，我觉得……"

还没等我说完，玉兔儿这家伙就昂头、直脖子、撇嘴（这流水线似的动作做得绝对可以让周星驰甘拜下风）道："我就是不！我觉得这个发型酷——"

哇！如果我有心脏病或者是高血压，必定当场毙命身亡！

气炸了肺的我狂喊："天哪，我要跳江了！"

你猜玉兔儿那厮作甚？她竟然一本正经地对我说："张欢，我会全力支持你！要跳江就坚定意志，干净利落点儿，好为咱国家解决人口、土地、粮食等等一系列问题！"

天！这玉兔儿竟让我感到天地之间蓦然昏暗！刁钻的玉兔儿——呜呼"爱菜"！

二

错用了玉兔儿的盆子，我就像一个得了精神分裂症的病人，忐忑不安、恍恍惚惚。你以为玉兔儿那么好招架呀！想来想去，我还是决定向玉兔儿坦白。毕竟名声比生命重要！

我说："嗯，玉兔儿，真不好意思，我，我用了你的盆儿洗衣服。"

玉兔儿居然很爽快地跟我说没关系，我大吃一惊，连眼镜都惊得从鼻梁上跌了下来！我怀疑玉兔儿是不是何时吃错了老鼠药，或是跟哪只猩猩交换了大脑。要不，她怎么对我那么和颜悦色？！

正想着，玉兔儿已经把最后那几片薯片送入口中吞咽完毕。玉兔儿说："张欢，我用了你的盆儿洗脸。"

原来如此！"可是，玉兔儿，我用了你的洗脸盆，你用的是我的洗脚盆！"

"啊？"玉兔儿眼睛睁得比铜铃还大，嘴巴张成了"O"型。

"扑通"一声巨响，不亚于7.2级地震，宿舍楼摇摇欲坠。嗯，你猜得一点儿不错——玉兔儿昏死过去了！

三

这段日子，不知道玉兔儿怎么回事，深深地迷恋上了武侠，并深深地陷进了武侠的泥沼而不能自拔。

我躺在床上默背着课文，不名之物"砰"地击中床板，我弹了起来。

"玉兔儿，你不睡觉，又搞什么鬼名堂来着？"

"张欢，我的风神腿不错吧？"

"切，比聂风差远了！"

"真的？那我可得加紧练习！"

妈呀，我的梦想（保持充足睡眠）又泡汤了，上课怎么办？等着进"阎王殿"（老师办公室）吧！

活该玉兔儿倒霉！

始终不安分的玉兔儿抓起拖把，大呼一声："秋风扫落叶！"

那窗户玻璃却异常乖巧地做了自由落体运动。正巧，老班检查来了，发现了这一重大情况。当即就让玉兔儿掏腰包，并血雨腥风思想教育了半个钟头！

玉兔儿彻底蔫了！

四

在我写这篇文章的时候，玉兔儿瞧见了大量的"玉兔儿"，便一言不发地走了。想必等待着我的定是一场"暴风雨"。那关于玉兔儿的故事，我以后再慢慢告诉你。天哪，玉兔儿抱了根棒子，贼笑着朝我奔来，完了，我要逃命了。

大发慈悲的圣父圣母圣子啊，快点儿降临吧，否则真是千古江山，英雄无觅张×处。寝室战场，风流总被雨打风吹去……

上帝，救我一命……

细雨飘窗：

世间的真情教你学会惜友，你会用满腔的热情去赞友，这样你将会一生有友。

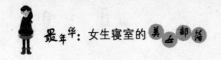

我挣钱，我快乐

胡柳红，18岁，中专生

整栋宿舍楼沸腾了。大伙发现一些连在大商店都买不到的东西全让英子批发回来了，都来争相购买。没过多久，两大箱东西全部都各奔东西了，净赚了300元。接着，我们公布了自己的宿舍电话，只要是"顾客"一个电话，要买什么，我们就立刻送货上门。女生楼很快就被我们控制了。接着就进军教师楼。英子巧妙地推出一项附带服务：接送孩子上、放学。一周轮换一人当经理，负责安排日常事务，并寻找新的商机。

我们之中很多人其实并不缺钱花，但是我们对参加女子商队这一举动却始终热衷得要命，从初得第一桶金到入股分红、炮制出七个轮值经理，校园里从此有了一支特殊的女子商队，我们的口号是"我挣钱，我快乐！"

自从上学期学校给每个宿舍装上电话后，小卖部那些个趾高气扬的老板就再也神气不起来了。往小卖部里蹭的人日有所少，老板的生意一落千丈，再也不像从前那样忙到半夜三更，每天早早就关门打烊了。

可是，有时候夜半肚子会闹空城计，想吃包方便面还得跑出校门去买；肚子十万火急，整个宿舍居然找不出一丁点儿手纸来……众人皆骂，唯独英子不以为然："我们自己经商不就得了！"室友们听了，很感兴趣地议论了好一阵子。没料想，英子第二天就抱回一纸箱方便面、蜡烛等东西开始当起了老板。

我们大家就纳闷了：不是随口说说吗？真的要做生意了？好像谁也不相信似的，其实昨天绝大部分人还只是一时头脑发热，随便说说而已。

室长经过深思熟虑之后发话了："中午全体室员吃方便面！"大伙儿心里

都怪怪的，但嘴上只能说英子家里境况不大好，赚些钱贴补生活也好……但吃着吃着，大家的热情就被开水蒸发出来了，叽叽喳喳地议论索性搞一个商队，有人还当场涂了几张海报张贴了出去。

很快三天过去了，除内部解决了几包方便面以外，分文"外资"也没流进。英子的眼睛都要红了——这箱东西几乎搭进了她半个月的生活费啊。

大家开始唉声叹气。舍长一只大脚踏在椅子上，作英雄状般号召："咱们再也不能守株待兔了！同志们，我们要主动出击，上门推销！"于是我们就背上挎包，怯怯地出发了。我硬着头皮来到对面的宿舍，平时大家关系不错，给个面子怎么着也得照顾照顾吧？"有事吗？"一屋的人全把目光盯向了我。我眼睛一闭，把包里的东西哗啦一下全倒在桌上："你们买不买？"可她们谁也不想买。我只好悻悻离开，刚出门，一个女孩追出来问："有那个吗？"我一愣，"这两天正赶上……"她说。

于是，我赚到了第一桶金——0.35元！我搂住她脖子亲两口，吓得她吱哇乱叫，像黑夜里撞见耗子一般地鬼叫。

第一桶金，令我们长了脑子。女生生意不好做，得先拿下男生宿舍。六个女生各自施展自己的先天魅力，不久后，生意就红火得让英子眉开眼笑地决定从此自食其力了。

但是意想不到的事情接着发生了。一天，我随手从英子那里拿了一对五号电池，由于身上没带零钱所以暂时没给，因为事小，后来就忘了。从此，英子常常眼巴巴地望着我，我纳闷了半天才想起电池的事。"不就是块把钱嘛！"我随即甩煤块似的将一个白眼扔了过去。英子大约被砸得很痛，于是眼睛周围渐渐泛红，就哭了。

第二天，英子居然要歇摊不干！"都是被你们给逼的！"室长趁英子不在，大脚踏上椅子又开始发表激烈演讲，"你们总是缺什么就从英子箱子里拿，英子天生脸皮薄，怎么好说。"

这时，美美一声尖叫："我至少拿了英子十卷卫生纸，一盒牙刷……价值30元！"我骇然变色，算了算，不经意之中居然巧取豪夺了近百元。这时，英子回来了，我们忙把欠款还请。英子提议说："入股分红吧！"初次接触这个

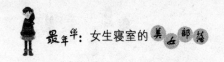

名词，可真把我们惊得目瞪口呆了。

室长将脑袋埋在胳膊弯里思考问题，做着什么艰难的抉择，半天才抬起她那高贵的头颅，张开血盆大口说："生意要长做，就得入股分红。"英子见有室长支持，赶紧拿出一套方案：入股分红，英子占股份40%，其他股份均摊，先按股份多少筹集资金，批发日用品开始直销业务……眨眼间，室友都成了"股东"英子的部属。我们迅速展开了英子策划的"联合行动"：六个人带着微笑对女生楼进行地毯式调查："快说，你需要什么服务？！"一天下来，回执摊满一桌，南货北货五花八门要什么的都有。商机无限，只怕力不能及啊。

其中一人居然大冬天想吃冰淇淋。

英子上街批发商品时，还真够本事，居然还真买回一个冰淇淋，她用手巾包好塞在枕头里，才完好地送到那女孩手里，消息不胫而走，女生成群结队来订购。我们只好骑上车把各色冰淇淋批发回来。

于是，整栋宿舍楼沸腾了。大伙发现一些连在大商店都买不到的东西全让英子批发回来了，都来争相购买。没过多久，两大箱东西全部都各奔东西了，净赚了300元。

接着，我们公布了自己的宿舍电话，只要是"顾客"一个电话，要买什么，我们就立刻送货上门。女生楼很快就被我们控制了。接着就进军教师楼。英子巧妙地推出一项附带服务：接送孩子上、放学。一周轮换一人当经理，负责安排日常事务，并寻找新的商机。

真是不当家不知柴米贵呀，真要当了经理才知道这位置不是随便能轻轻松松坐的。刚开始的时候，没有一个人没出过差错。这不，第六周就轮到我了。清早六点叫众人起床，6：30飞车至教师楼处送孩子上学，然后返回来早读……二人接孩子放学，其他人送货。

某天又轮到我值日，一老师打来电话说他病了！这事不赢利，但算大事，非得经理亲自出马不可。我飞奔至老师家，才知是老教师心脏病突发，儿女不在家。这得上大医院呀，我将室友都派去接孩子和送货，没预留人作机动，怎么办？我跑到路上叫人，老半天不见一个学生。只见路上有两个民工，我一咬牙，雇人！我不停地做深呼吸，叫自己镇定，但到半路才想到要给室友们通

气。到了医院，老师急救之后，打完电话请室友来帮忙，我这才累得瘫坐在老师的病床前，竟不自觉地睡去了。不一会儿，校长、英子等一大伙师生涌了进来，高声表扬我，我又蓦地想起一事，惊叫：天啊！慌乱之中，竟又忘了接孩子了，孩子肯定在哭。"没事，你打电话后，美美就去接了！"英子说。我抱住英子竟然哭了。

老教师状况略有好转，他居然要送30元钱给我，说是服务费，我说这哪能收呀，这只属于服务范围却不属赢利范围。"那可怎么行？"老教师说，"我又不是孩子，不能让你们送我上学……"大伙儿哈哈大笑。转身离去时，校长说："这样吧，实验室一些烧杯、试管都要换，你们去查探一下行情，给服务费。""多少……"我赶忙问。

"钱"字尚未出口，脚下也不知道被什么东西给绊住了。

"瞧，什么人都栽在'钱'字上。"校长说。大伙儿跟着笑了。接着，校长又说："你们的服务体制很好，这可是一下子就批发了六个经理啊。"

哈哈哈哈，可不是吗？我挣钱，我快乐嘛！

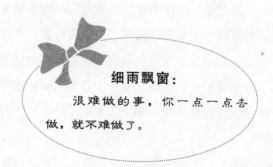

细雨飘窗：
   很难做的事，你一点一点去做，就不难做了。

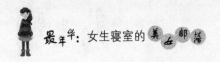

室有洁癖者

柯秀华，20岁，大学生

到了后来，大家简直都成了惊弓之鸟，一看到萧萧往洗手间里走，心里就几乎要起鸡皮疙瘩，心脏也忍不住提前收缩了三分，马上就联想到她在后面把水龙头开得哗哗响，很恐怖地涂上肥皂反复地搓揉，等她洗好了手，好好的太阳也下山了。你说恐怖不恐怖？

打入校那天开始，萧萧就和我们其他七个姐妹挤到了一起，同室的湖南妹子晓玲笑嘻嘻地说："缘分哪！"接着就变戏法似的从包里随手拿出一塑料袋橘子，大家立马来了兴致，一个个眼睛放光，口里应付着："那是那是！"在后面忙着洗衣服的我赶紧跑出来分享胜利果实，可是刚接过橘子准备剥皮，萧萧就冷不丁地跑到了我的面前，很无情地摧毁了我的"可耻图谋"，横刀夺爱抢下了那个可爱的橘子，弄得我哇哇大叫："萧萧，你不是也有嘛，干吗要来抢我的呀？没天理嘛！"

"去，小丫才抢你的呢？"她不满地皱皱眉头，"看你那熊样，还不赶紧洗手去！"我还挺不服气，狡辩道："什么呀，橘子还有皮呢？怕什么？"此言一出，立即犯了众怒，大家都说好好地吃东西，你说这个干什么呀？萧萧更是得理不饶人了，继续向我展开狂轰滥炸："你知道不？你的手上还有大量的洗衣粉残余成分，洗衣粉含有大量的碱性化学物质……"

"得，得，好像我就跟那文盲似的没学过化学，我洗还不行吗？"最后还是我低下了高贵的头颅。

开始的时候，全宿舍没有一个不夸萧萧讲究卫生的，连宿舍管理员李阿姨

都忍不住夸她是个好孩子呢。要是谁的被子没有叠成很标准的那种豆腐块，舍长同志马上就要过来进行相关思想教育工作了。通常舍长都会这样类比的："你看，人家萧萧的床上多整洁！那简直就是一件工艺品——艺术，你懂吗？再看你捣的这个豆腐渣工程，惨不忍睹，简直就叫遭罪！""这方面啊，你还真得向萧萧小姐多学习学习！"

说得多了，我们不免对萧萧起了三分意见，有一天，我把她拉到洗手间里说："小姐，你每天的个人卫生不要那么高标准好不好，不然我们又要挨室长的训斥了！"她一脸不解："我这有什么错了，再说，要马虎，我还不习惯，心里不舒服呢！"

我赶紧捂住她的嘴："嘿，你小点儿声行不？要是让室长听见了可不好。好了，室长来了，算了，算了……"

第一个学期，萧萧被评为本宿舍最积极分子，我们都觉得她是当之无愧的。有时候，大家坐在床上也没觉出哪里有什么不对劲呀，可是，她却这也看不顺眼，那也脏死了脏死了，边说还边真的来了实际行动，拿起抹布，这里抹抹，那里摸摸，一会儿门一会儿又是窗户的，忙得不亦乐乎，有时候大家看不过眼了，你说整个寝室的卫生也不能光是她萧萧一个人的事呀，这可是大家共有的家啊！凭什么要人家一个人当环卫工？说得过去吗？所以我们很自觉地也加入卫生行动小组。你说，有这么一个特讲卫生的人坐镇，我们寝室能不全优吗？能不被评为四星级吗？连检查的学生会干部都禁不住伸出大拇指来了呢！

可是时间长了，我们就觉得萧萧这种讲卫生的方式似乎太过分了，渐渐觉出了一丝不对味来。

你说，我们寝室的琴妹好好地过生日，吹了蜡烛，吃了蛋糕，轮到吃苹果了。琴妹也挺高兴，抓起一个最大的苹果就往嘴里塞，结果，又被萧萧无情地给抢救了下来，她板着一张冷冷的面孔"命令"琴妹："快洗手去，不洗手的都不准吃哦！"大家刚把嘴巴凑到苹果上准备来点儿实际行动，喉咙里一下子就像卡住了鱼刺似的，再也无法下咽了。只好把苹果放下，手也不愿意洗了……

时间一长，室长也受不了了。再也不用萧萧做榜样来激励我们了，尽管萧萧在我们寝室还是那么勤劳，那么讲究卫生，那么"热心"。其实，舍长自己也是尝过萧萧的厉害的。期末考试结束，全寝室的女生在舍长的号召之下，一致决定举行一次宴会，来庆祝本学期的结束和我们友谊的新开始。

宴会是在学校门外的餐馆里举行的，大家个个情绪高涨，一个个手举椰汁，学起梁山好汉很豪爽地吆喝："喝，喝，大家一起喝！"场面还挺壮观，真可谓觥筹交错、不亦乐乎呀。我们大家都说领导（舍长）辛苦了，大家共同敬她一杯，领导也很高兴，说我们特有人情味，为了表示对自己部下的厚爱，还决定以实际行动疼爱疼爱我们，她拿起自己的勺子就往我们的碗里舀汤，我们大家嘻嘻哈哈地接受了。可是轮到萧萧，只见她皱紧了眉头，竟然把汤毫不留情地洒在了地上，重新换了一只碗来，看得大家目瞪口呆，舍长脸上的部分肌肉慢慢变红，很奇怪地弹了弹。萧萧很为大家的健康着想，还特地找来了一双备用筷子和一柄没有用过的勺子。大家都觉得像吃了苍蝇一样扫兴，结果谁也没了再说话的兴致，一个个埋起头来往嘴里扒饭，头也不抬，连菜都懒得去夹。

从此，大家看萧萧的眼神就有三分怪怪的，要是再有什么饭局，可就不敢叫上萧萧了，往往是自行组织、偷偷摸摸进行了事。

到了后来，大家简直都成了惊弓之鸟，一看到萧萧往洗手间里走，心里就几乎要起鸡皮疙瘩，心脏也忍不住提前收缩了三分，马上就联想到她在里面把水龙头开得哗哗响，很恐怖地涂上肥皂反复地搓揉，等她洗好了手，好好的太阳也下山了。你说恐怖不恐怖？

某一天，晓玲趁萧萧不在，说要来跟我们大家探讨探讨萧萧那双手，舍长没好气地说："我看你是吃饱了，没事干喏！她那双爪子有什么值得研究的？"

"谁说没有什么值得研究的？那你说为什么她老是那么卖力花心思地洗手呢？又没有粘上马粪！"

舍长也说不上来，只好回答："多管闲事！别人爱干净你管得着吗？"

"错，这里面也许还包含着一个天大的秘密呢！"晓玲很神秘地说。

大家一下子被勾起了无限兴致，赶紧问："什么天大的秘密？"

"看过莎士比亚的《麦克白》吗？"晓玲很自豪地问我们，大家都很诚

实，一个个把脑袋摇成了拨浪鼓，"小丫，我就知道你们这些文盲没看过，麦克白的妻子杀害老国王以后手上沾满了鲜血，心里无限地恐惧，以至精神恍惚失常，整天把手浸在水里也像萧萧这样反复地搓洗，主要是为了洗净上面的血腥……"

哇噻，原来洗手还有这么恐怖的一种潜在动机呀！大家虽然明知萧萧不可能像麦克白的妻子一样蛇蝎心肠害过什么好人的性命，但是自从听了这个故事之后，对萧萧的看法更多了三分说不清道不明的意味了。

直到有一天，我们寝室的"通信员"才从老师手中的花名册上了解到某些事情的蛛丝马迹。她很兴奋地向大家爆料："哈哈，我知道了，原来萧萧的老爸是医院的院长，而她的妈妈是医院的护士，难怪她继承了这么优良的革命传统呢！……"

这就难怪了，正所谓有其父必有其女，有其母必有其女嘛！

直到有一天，我在某本书上看到有关"洁癖"的文章，才把"洁癖"这种名词和萧萧联系起来，萧萧的行为特征跟那里面的判断标准实在是太吻合了，简直就是典型中的典型。哦，是这样啊！后来，又有几个女生"很不小心地"接触到了"洁癖"这个概念，大家都毫不犹豫地联想到了萧萧，后来大家都说出了自己的心里话：萧萧就是个不折不扣的洁癖！

萧萧是洁癖，这是不争的事实，是无论如何都无可厚非的，后来她自己也隐隐地知道了。当然，她又不是傻瓜，光从我们奇怪的眼神中也能猜出七八分不对劲来。

有一天，晓玲像发现新大陆一样很惊奇地发现萧萧居然躲在被子里哭了。我们就蒙了，纷纷去劝慰，她忽然把被子掀开没头没脑地问："你们说，我是不是洁癖？"

大家都恐怖地伸出了舌头缩不回去，不敢回答。她就急了："你们说，是不是吗？是，我就下定决心保证改！"

嘿，你还真别说，她还真来绝的呢！第二天舍长很惊奇地发现萧萧居然连被子都懒得叠了，像一摊烂泥似的堆在床上，只好无奈地摇摇头："这下好了，改出这么个坏毛病来！"

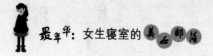

细雨飘窗:

认识自己，战胜自己，超越自己。

"联合国"的故事

胡汪琼，18岁，中专生

由于国际上一贯奉行多数决定少数的原则，所以我们寝室长的职位就理所当然地落到人数最多的二班手里了，而且还被长期占据，一直到现在。这位寝室长对大家讲话了："市(室)民们，请注意了！现在发布我市(室)第一号公告：经本市(室)多数成员选举，本市(室)长批准，一致同意选举小张——"他指着我，我顿觉受宠若惊。不料，她接着说，"选举小张为本周轮值主席——负责打扫室内卫生。"全室哄然大笑，我傻眼了。

我们的寝室是名副其实的"联合国"缩影，八名室员分别来自三个不同的班级。关于我们"联合国"的逸事的确不少。时有冲突，却又能和平共处。彼此一天不见，心里便不自然，当然了，我们最渴望的还是去建立一个最美好的"世界"。

由于国际上一贯奉行多数决定少数的原则，所以我们寝室长的职位就理所当然地落到人数最多的二班手里了，而且还被长期占据，一直到现在。这位寝室长对大家讲话了："市(室)民们，请注意了！现在发布我市(室)第一号公告：经本市(室)多数成员选举，本市(室)长批准，一致同意选举小张——"他指着我，我顿觉受宠若惊。不料，她接着说，"选举小张为本周轮值主席——负责打扫室内卫生。"全室哄然大笑，我傻眼了。

"联合国"各种信息丰富多彩，常常使我们寝室高潮迭起。上周星期三，学校组织我们理科的同学听了一场物理学史的报告。科学家们高尚的精神、卓越的成就深深感动了我们，晚上回到寝室便议论开了。这时，文科室友走了进来："呀，谈什么呢？"我随口道："巾帼英豪——居里夫人。你了解吗？"她不屑地耸耸肩："居里夫人，谁不知道？我倒考考你们，玛丽·居里生于何年何月何日？"这一下，该我们干瞪眼了。谁不知道这位仁兄是一名文科尖子，天文地理无所不知呀。她得意地在空中挥了一下手臂，"很简单嘛，就是她出生的那一年那一月那一天嘛！"啊，原来她自己都不知道呀！

既然是"联合国"，自然难免有分歧，当然这是有限的内部分歧，通常会在我们三班和二班之间展开。由于我们三班比二班少一个人，因此三嘴难敌四舌，六掌难挡八腿，总是我们防御的时候多。我们常常感叹："不知何时才能推翻'四座大山'！"不久，学校举行排球赛，我们班所向披靡，杀得其余四个班落花流水，溃不成军。于是我们一班的室友个个脸上生光，很是趾高气扬了几天。"四座大山"个个耷拉着脑袋，灰着面孔，威风大减。于是我们齐唱一曲"真是乐死人"！

虽然"联合国"内部时有"纷争"，但一旦联合起来，力量就非同一般。上次学校开展争创"文明寝室"活动，我们同心协力，互相帮助，志在必得"文明"称号。本是一班的值日，来自二班的室长不放心，便争着做了。大家一齐出力，小黑板上的评比分数节节攀升，最后，我们终于受到了学校的表扬。至于平时谁生了病，彼此嘘寒问暖，谁遭了难，众人互相援助的事，那就太多了。在这种时候，大家再也不管来自哪个班了。

关于我们"联合国"的逸事还很多。时有冲突，却又能和平共处。彼此一天不见，心里便欠欠的，我们都希望共建一个最美好的"世界"。

细雨飘窗：

友谊是一片生命的沃土，在你我心灵上萌生出一片碧绿的希望。

住宿舍的女生

郑 薇，17岁，高 二

正在这时候，隔壁的好友进来了，她的手里还攥着我心爱的 tape。原来，她来我们宿舍借东西时，碰巧看见了我的 tape，就写了张借条"顺手牵羊"拿走了，不巧的是借条被值日生扫掉了，于是引起了这场风波。

我们宿舍七个女生经过民主评议，一致推选"德高望重"的苏珊担当舍长重任，她平时办事认真，我们几个信得过。苏珊也不含糊，当即发表就职演说："同志们，咱们来自五湖四海，为了同一个目标走到一起，既然大家相信我，我一定不辜负大家的殷切期望，带领大家搞好工作，取得革命的胜利！谢谢。"

"哗哗哗……"我们对她精彩的演讲报以热烈的掌声。其实，大家早就笑成一团了。

刚住校不习惯，再加上有点儿想家，住校的第一夜就没睡好。结果第二天，几个人都没精打采的。便下定决心，今后，不能让情绪影响学习和休息。

不少人说，住宿舍时间太紧，尤其是女生好像老有说不完的话，会影响学习，哪儿有的事儿。九点整，下了晚自习回到宿舍，大家打水洗漱只要十几分钟，九点半各就各位开始学习，要尽量赶在十点半熄灯之前完成所有的作业和复习、预习，根本没有说废话的时间。如果实在"力不从心"，几个应急灯出马就把问题解决了。但是大家都很少开夜车，只有临近考试的时候才加加班，一个学期下来，伙伴们的成绩还都有所提高。谁说住校影响学习？

住宿舍的七个女生组成了一个温暖的家。榛榛感冒不能去上课，姐妹们临走前给她准备好了药和开水，放在她伸手就能拿到的地方，还替她打好了早饭。下晚自习回来，姐妹们又帮她打了开水，洗了衣服，一切就绪后，六个人轮番上阵把老师讲的内容一字不落地说给她听。快熄灯了，苏珊说："吃了药，蒙头睡一觉明天就好了。"榛榛感动得掉下眼泪来，想说些感谢的话。其实，谢什么？大家不都是一家人吗？

一家人也有不愉快的时候。我刚买了一套《新概念英语》，放在床上转过身就不见了，找遍了整个宿舍，问遍了每一个人，可心爱的磁带还是没有一点儿踪迹。

"咱们宿舍居然会丢东西！"我愤愤地说。

"怎么这样说，好像咱们宿舍多了一只手似的？大家不正帮你找嘛！"美琴生气了。

"别吵别吵，慢慢找，不会丢的！"苏珊开口了。

正在这时候，隔壁的好友进来了，她的手里还攥着我心爱的tape。原来，她来我们宿舍借东西时，碰巧看见了我的tape，就写了张借条"顺手牵羊"拿走了，不巧的是借条被值日生扫掉了，于是引起了这场风波。

"我检讨……"面对大家杀人的目光，我惭愧极了。

"好了好了，找着就行了，大家还是好朋友。"

哎，虽说我们这些住宿舍的女生，时间长了，难免会有些令人颇感意外的小摩擦，但是想想呢，生活留给我们更多的还是欢乐。

细雨飘窗：

尽管一路上会有风雨，但只要踏实地走好人生的每一步，前方的阳光就显得灿烂。愿你心灵的天空总有阳光相伴。

美丽的谎言

董丽娟，18岁，中专生

以后的日子，丑丫振作起来了，她不再孤独、徘徊，班上到处可见她活泼的身影，林荫道上、寝室里有她灿烂的笑容，成绩也有了很大提高。她再也不是从前自卑、害羞的女孩了。我真替她高兴，没想到一封信改变了她。

那是个深秋的下午，寝室里冷冷清清的就我一个人，就在我准备离去时姐姐来了，手里还提了一盒精致的蛋糕。姐姐是顺道来看我的，一会儿就走了，考虑到快迟到了，我就顺便把蛋糕放在一张床上匆匆离去。

下自习后，我回到寝室看见姐妹们个个都在吃蛋糕，还没来得及问我的蛋糕，小雨便大喊："娟子，快点儿过来吃丑丫的生日蛋糕，那可是个很帅的男孩送给她的，你要是错过了，那实在是太可惜了。"

"一个男孩送的，蛋糕？"我疑惑地问。

"对呀，那个蛋糕好漂亮的。就放在丑丫的床上，对吧？丑丫。"

"嗯。"丑丫的脸上立刻飞出几朵绯云，两手拨弄着淡绿的系蛋糕的丝带，一脸甜蜜的样子。

"你们怎么知道蛋糕是个男孩送的？"

"肯定是有人追丑丫，要不然怎么知道今天是她生日，还把蛋糕放在她床上。"芸用推理的口吻说，"对了，娟子，你是最后一个离开寝室的人，你应该看见了，哎，那个男孩是哪个班的？"

"我……"我不知道该怎样回答，不敢看丑丫期盼的眼光。

丑丫原叫蓉，长得很一般，与那些漂亮女生相比起来，我们大家叫她丑丫并不过分，不过，她人缘好又善良。我们寝室有八位女生，芸是大姐，我们几个在一起，整天都是生机勃勃的，在这样多梦的年华，每个女孩子都会有无数个绚丽多彩的梦，同寝室的姐妹每天都有人公开念情书或炫耀别人送给她的小礼物。每当这时，丑丫就一言不发地用羡慕的眼光看着对方。

现在的丑丫完全沉浸在甜蜜和幸福当中，如果我把实情告诉她，她肯定会失望至极点，自尊心也会受到伤害，我怎能残忍到去践踏一朵初放的蓓蕾呢？尽管在青春的原野上它开得并不艳丽，可她毕竟也是一朵开放的花，我不能让她过早地凋零。看着她兴奋的样子，我说："对，好像是个很高很帅的男孩，不过天太黑没看清。"我说："真扫兴，如果知道他是哪个班的，我们还可以帮她，现在倒好……"

"没关系，他如果喜欢丑丫，肯定会再来找她的。"是呀，被人喜欢是件多么快乐的事，更何况今天的主角是丑丫！那一夜全体女生一片欢呼，大家都为丑丫高兴。

我躺在床上翻来覆去睡不着，十分后悔撒这个谎，丑丫以后怎么办？难道就让她这样无尽地等待下去？也许我错了，一时的不忍可能会让她受到更多的伤害，唉……

接下来的几天，丑丫有明显的变化，她整天笑容满面，做事儿劲头十足，难道这就是爱情的力量？不过令我担心的是丑丫每天都张望门口，并抚弄着那根淡绿色的丝带。可是一个多月过去了，男孩始终没有出现，忧愁也爬上了丑丫的脸，慢慢地，丑丫又恢复了从前的沉默，她比以前更显得憔悴，成绩也下降了。可她痴痴地等待，我看在眼里急在心里：都怪我，现在该怎么办呢？我毫无头绪。

终于，我冥思苦想出了一个最好的办法：给丑丫写信！信是这样写的——

亲爱的蓉：

你好！

很久没与你联系，请原谅。我发现这几天你一直闷闷不乐，我希望你振作起来，明天的太阳是最美的，你那么优秀，我相信你一定能战胜困难，做最好的自己。

喜欢你的男孩

收到信后，蓉兴高采烈地告诉我们这个好消息，她看完信后眼里闪着泪花，我才发现她如此看重那份朦胧的感情。以后的日子，丑丫振作起来了，她不再孤独、徘徊，班上到处可见她活泼的身影，林荫道上、寝室里有她灿烂的笑容，成绩也有了很大提高。她再也不是从前自卑、害羞的女孩了。我真替她高兴，没想到一封信改变了她。

我想我的那个善意的谎言可以长埋地下了，因为那朵并不美的花已开得十分可爱美丽。

丑丫的变化不禁使我想起了一句话："青春它愿意在平凡中虚度，理想也不想在平凡中被掩埋，那么就让我在你的海洋深深拥抱，激起一朵美丽的浪花。"我想在许多年后，当我们再度回忆起那个有鲜花、有风铃的季节时，这些彩虹般美丽的故事如陈年美酒一样会永远留在我们的记忆中。

细雨飘窗：

岁月无痕，友谊却永存。真正的友谊能跨越时间，伴着我们的生命一同向未来延伸。

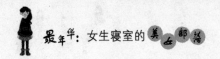

上下铺之恋

陈展昭，16岁，高一

有一次，听小道消息：第二学期要上下铺交换。我暗呼"万岁"，高兴得彻夜难眠——想着那好地方，哪知到了最后，却是一场空欢喜。这次听说咱们高二换新寝室已成定局，我暗下决心：为得一上铺兮，虽九死其犹未悔。

我第一次看见双层铺是在电视上，那是一部关于军营生活的电视剧，经常涉及男兵女兵的宿舍。当时我忍不住惊叹：两个人一上一下的，各睡其觉，还节约了空间，真有意思！不过，那仅仅是在电视上而已。

第二次见到双层铺是在火车上，我再一次惊讶：多好的创意，休息的床和疾驰的火车完美地结合——上铺、中铺、下铺，嘿嘿，不错。

到高中，我开始了住读。为图便利，我为自己觅得一下铺。可拥有这份便利伊始的兴奋，没多久，便被上铺姐妹翻身时竹篾的摩擦挤压声搅得寝睡不安。如此再三，窝了一肚子火，但顾及"低头不见抬头见"的连带关系，也只好愤愤入睡。渐渐地，那自由自在的上铺竟成了我的理想与愿望：凌空而起宛如空中楼阁，逍遥自在。就是那"上下攀登"之"劳苦"，在我看来也不失为一种乐趣。

基于这一目的，我开始和一位"上铺"套近乎。待熟识了，便时常"入侵"，享受这来之不易的欢乐。开始时，那位同志还以为我只是图新鲜，也就没怎么过于在意，可是她没想到的是我竟反客为主，隔三岔五地就主动跑上去就寝。或与之共枕而眠，或占山为王，让她睡我的床。可好景不长，我的这一系列怪异举动引起了她的好奇，我只好如实告之我的上铺梦。哪知我的百分百虔诚换来的却是一顿说教："瞧你这傻劲，身在福中不知福，哪知这'高处不

胜寒'之苦呀！"当然，我对此不敢苟同，仍旧厚着脸皮"往上爬"。庆幸的是那位还算友好，一次次成全我，但这毕竟总非长远之计，所以，我一直望"上"兴叹。

有一次，听小道消息：第二学期要上下铺交换。我暗呼"万岁"，高兴得彻夜难眠——想着那好地方，哪知到了最后，却是一场空欢喜。这次听说咱们高二换新寝室已成定局，我暗下决心：为得一上铺兮，虽九死其犹未悔。

我那渺小的上铺之恋哦。

细雨飘窗：

　　顺随生命的瞬息过程，在年轻的时候，你该年轻！

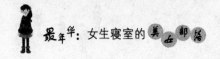

等在女生楼门口的男生

张 文，19岁，大学生

> 刚追女孩子的这帮男生，还真得在女生楼门口接受几重考验，门卫老大爷就是一关。如果你还没有女朋友或者你的女友不在老大爷管辖的这栋楼里住，你却接二连三地找一个女孩子，那么，老大爷肯定要寻个时间，从上到下从头到脚把你打量个够。

等在女生楼门口的男生们，是师院的一道风景。

师院女生多，男生少，一看就知道。五幢宿舍楼，女生占了三幢。一幢宿舍楼有三层，每层南北两面共20个寝室，加在一起60来个寝室。以每个寝室住8个人来计算，全院的女生比男生就多出了480人，师院宿舍紧张，一个寝室塞进去9个人又是常有的事，可见这个数字还只能算是保守的预计。

其实，有这么多女生，师院的男生应该自信才是，追女生也应该用文火慢慢煮才好。可是偏有心急又想吃热豆腐的家伙一点儿都不相信我提出的"男女对应理论"——在那次文学社组织的当代爱情小说讨论会上，我言辞恳切一本正经地发挥道："爱情这东西在理论上每个人都是该拥有的，谁也不用着急。世间的男女正如饱和无机盐溶液中的正负离子一样，应该是一一对应的。如果不出什么意外，一个男人，不管他有多丑，早晚都会找到一个女人，也就是他的另一半的。"谁料如此高论却只讨来一阵哄笑。没把我的话往心里听的傻小子们，嘿嘿，去挤在女生楼门口等吧！

这想法毕竟是我的个人想法，能影响到的兄弟姐妹也就那么几十个人。所以不论刮风下雨、不论春秋暑寒，只要学校还没放长假，只要还没到宿舍楼上锁的时间，总有表情各异的男生，站在女生楼门口，堵满了传达室附近的过道。

等在女生楼门口的男生们分成几类。

那些与女友相处很久了很深了的男生，一枚角币扔在门卫老头的桌上，慈眉善目的老大爷什么也不问，直接拨一下传呼器开关，很熟悉地叫起来："某某寝室的——某某——下来——有人找。"有与门卫老头混得更密切一点儿，一毛钱的传呼费也不用掏，自己打开开关，直接叫一声"某某下来"，然后甩给老爷子一支香烟，自己也点上，边与老头不着边地聊一下天气，边等自己的女友下楼。

刚刚追女孩子的，无论他读大几，总还有些腼腆，可能是认识的熟人太多了，怕被别人看成"晚节不保"。另外还有一批听辅导员老师话的好学生好孩子好学生干部，比如我们师长，在他追女孩子的时候，追不到手之前绝对不想让别人知道。如果你发现他在女生楼门口正在等着一位女孩子，那你一定要诡秘地冲他笑几下，他保准被你弄得满脸通红，一句话也说不出来。但是，一回到寝室，他绝对会跑着到处找你，然后搂着你的脖子亲密地收拾你一顿。

刚追女孩子的这帮男生，还真得在女生楼门口接受几重考验，门卫老大爷就是一关。如果你还没有女朋友或者你的女友不在老大爷管辖的这栋楼里住，你却接二连三地找一个女孩子，那么，老大爷肯定要寻个时间，从上到下从头到脚把你打量个够。这个时候，老大爷的眼神就像为自己挑女婿一样审视扫视。也有更尴尬的时候：被自己叫下来的女孩刚到自己跟前，传达室的电话响了，是一个年轻男子打过来的。老大爷也有点儿无奈地把话筒递给女孩子，女孩子迟疑了一下还是过去接了，那个显然不是家人打来的青春热线。走，还是留？更凑巧的事都有。宏和宝都看上了玲，宏刚以传达室要传玲下来，却见玲蹦蹦跳跳跑出来被宝约走了！这样，差一点儿成为护花使者的宏来过女生楼门口几次后就消失了……

当然，也有不去女生楼门口蚂蚁一样多的男生堆里等女孩子的男生。迷倒来自英国曼彻斯特年轻的白人女外教克莱拉、大我两届的外语系男生杜德邦就不去。数学系那个他的女友每天早上都打好饭在二食堂等他的家伙就不去，我有时候也不去。

神秘的是，有人发现等在女生楼门口的男生在毕业后大多失掉了当时追到

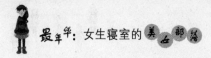

的女孩，而不去女生楼门口等女孩子的那帮小子却大都牢牢地牵住了在男生楼下等自己的女孩手，走向了婚姻的殿堂。

这真是一个奇怪的现象。

细雨飘窗：

青春找青春，就像蜻蜓互相追逐，而爱情就像目光一样把他们照得暖洋洋的。

吊 瓶

胡锦娟，17岁，高一

中考结束，在这特别的日子，特别的场合，发生在男女寝室之间的有趣故事，深深地留在了故事中每个人物的心里。

中考考场设在离我们学校较远的另一所学校，我们到那里去参加中考，并借宿在那所学校。

我们班女生借宿在208寝室，而男生恰好被安排在308寝室(我们楼上)。

考前一天的晚上，我们为了放松，就三个一群五个一伙凑到一起聊天。正当我们谈得起劲时，"千里眼"圆圆一声大叫："救命啊，有鬼！"

顿时，同学们乱作一团："在哪儿，圆圆？"

"在窗户外面！"

同学们的目光一齐向窗外射去，只见一条白影在窗外晃动。仔细一瞧，原来是一个矿泉水瓶，瓶口系着一根绳子，是从楼上吊下来的。胆大的阿芳拿起瓶一看，里面有一张小纸条，上面写着：

"在他乡异地，你们晚上害怕吗？308男生。"

此时，虚惊一场的我们又开始活跃起来，忙拿来笔，在纸条上写着：

"谢谢你们的关心，我们过得很好，你们呢？明天考试希望你们不要害怕，要战胜自我。208女生。"

我们把纸条塞进瓶子里，拉了拉绳子，瓶子徐徐地升了上去。

我们的心情兴奋极了，一双双眼睛盯着窗外，希望瓶子能早点儿下来。

"来了！"圆圆一声大喊，我们每个人的精神为之一振，赶快去取瓶子里

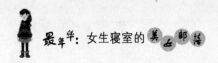

的纸条。

"谢谢你们的关心爱护，我们对明天的考试已做好了充分的准备。我们相信：团结就是力量。女生们，让我们共同奋斗，为我校争光吧。308男生。"

我们看着、读着，心里莫名地涌起一丝冲动。是啊！这次考试我们不但要对得起自己的父母，更要对得起培育我们三年之久的母校老师。

我拿起笔，满怀激情地写道：

"我们一定会如愿以偿。祝你们今晚做个好梦。男生们，再见！208女生。"

一会儿瓶子又徐徐降下来，纸条上写着：

"胜利在向我们招手。同样祝你们今晚做个好梦，你们不必再回信了，再见！308男生。"

我们笑了，欢快地笑了……

中考结束，在这特别的日子，特别的场合，发生在男女寝室之间的有趣故事，深深地留在了故事中每个人物的心里。

细雨飘窗：

人与人之间最需要的就是交流、理解和沟通。

人在寝室

李得妹，19岁，大学生

一到晚上，宿舍楼里的电话就成了"热线"。

离开家，没有了父母的叮咛与呵护，耳根清静了不少，却又总觉着少了点儿什么似的。于是把目光瞄准电话亭。

我们寝室五个人，各具特点。

舒红是武汉人，她浑身透着一股浓浓的诗人气质，那双深邃的眸子里总是闪着智慧的光芒，那是一种大智慧。到现在为止，她写的诗已有厚厚的两大本，且质量相当不错。每当我们称赞她时，她总是很谦虚地淡淡一笑："过奖了，过奖了！"

张欢是江苏人，在我们寝室素有"开心果"和"知心大姐"之称。只要有她在，就有歌声和笑声。在那些想家的日子里，是她，用温暖的话语使我们的心不再落寞。

陈彤，和张欢一样，也是江苏妹子，住张欢的上铺。俗话说得好："三个女人一台戏。"而她与张欢两个人就能上演一台妙趣横生的戏。陈彤长得又白又水灵，故此得名"白白"。

小丹即"阿丹"，是我老乡。她骨子里有着一种东北人的豪爽和洒脱，又不失女孩的娇柔、可爱。都说"老乡见老乡，两眼泪汪汪"，但是我俩在一起，从不"泪汪汪"，总是有说不完的话。加之阿丹一米七四的"海拔"，更给人一种很稳妥的安全感。

每晚临睡之前，我们总要乐上一阵。说得最多的是接成语、接诗词游戏。说够了，就讲鬼怪故事。

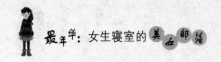

有一次，阿丹给我讲了一个 "绿牙"的鬼怪故事，吓得我整夜都睡不着觉，第二天还要装出若无其事的样子。因为我怕她知道了自己害怕鬼怪故事，她再讲出"红牙"或"黄牙"什么的，岂不更是糟糕？我那点儿少得可怜的睡眠啰，还要不要了？

一到晚上，宿舍楼里的电话就成了"热线"。

离开家，没有了父母的叮咛与呵护，耳根清静了不少，却又总觉着少了点儿什么似的。于是把目光瞄准电话亭。

排了50分钟的队，终于拨通了家中的电话。听着话筒里老妈事无巨细的嘱咐，我明白了：此生，无论我走得多远，爸妈的心永远跟随着我。不知不觉，泪流满面，原先想好的话全忘了，只看见电话机液晶显示屏上的金额在一点点减少。

直到他们一再问我，还需要什么吗？我才想起说："不，我在这儿生活得很好，只是想听听你们的声音。我不在家的日子，你们要多保重！"

队伍后面的人等得十分不耐烦，开始骚动起来。好好，我这就说完了，挂上电话，赶紧头也不回地溜进了宿舍……

细雨飘窗：

　　世界太大，我们太小，成长的岁月总是会有太多的风风雨雨。我们需要用真情来互相关怀，互相鼓励，一起面对这纷繁的世界。

女生楼下的男生

吕永燕，20岁，大学生

女生楼下的男生是浪漫主义的缔造者，手里拿着一束漂亮的玫瑰花或者一盒精美的巧克力的不乏其人，但是这一种情景注注要在黑夜才瞅见到，或者是怕给人认出吧。另有一些GG，开着车（自行车），停到女生楼下，拿出怀里那台最新款的手机，每隔三分钟就打通那个熟悉的电话："你出门了没有啊？我等到花儿都谢了！"

说实话，有时候那些女生真是把我羡慕得要死，她们如果要拜访某男，只需要很大度地在男宿舍的值班室里大笔一挥，潇洒地留下自己的玉名，就可以大摇大摆地向男生宿舍的腹地挺进。而男生呢，始终只能在女生的宿舍楼下作夜莺哀号："上面406的某某某在吗？"这种情况总是让男生很沮丧，有时候喊了半天，嗓子都快哑了，还不见探出半个头来回应，偶尔也会有某位英雄赤裸裸地叫嚷："某某，我爱你！"然后，向天空飘洒一束娇艳的玫瑰花，惹得女宿舍的管理员通常要摇头背手而走叹息道："唉，现在的年轻人哪！"好在女生宿舍的设计尚算科学，因为最高的也只有五层，根据声波的传播原理，到达五楼的声音尚未减弱到让人听不到的程度。但假使住在八楼又加叽叽喳喳的杂音的话，那么，即使是120分贝的高音喇叭也未必能够让楼上那些MM听得清。

女宿舍的阿姨早就练就了一双火眼金睛，谁办公事谁办私事她就睁一只眼也能百发九十九中。逻辑很简单，因为公事的，必定要焦急地向楼道里面张望；而私事者，即使是心急如焚，也会表现得落落大方，虽然偶尔要看看腕上的那只劳力士金表，但一般都会表现得很绅士。根据经验来说，从四楼到一楼，一共是82级楼梯，如果MM们用一级两秒的速度移动玉步，那么，从三楼到一楼一共是164秒，加上那不算太长的楼道，顶多用五分钟女主角就应该登场了，此过程少于五分钟的，那一定是为了公事的；但如果在五分钟到十分钟的，一定是MM们要男生替她们做一些事情，因为这要计算上从抽屉的最里层拿出东西来的时间；如果等待的时间超过了十分钟的话，那一定是在等女朋友了，因为MM们还要花上几分钟的时间来装扮一下自己。如果你因为这样而不耐烦的话，那么无赖的MM们就会理直气壮地跟你说："我扮靓还不都是给你看的，哼！"于是对GG们进行暴力压迫，不过通常力量小得连蚊子都打不死。所以男生如果不想再受同样虐待的话，敬请切记以下两条盗版的原则：第一条，MM永远是对的；第二条，如果MM错了，请参阅第一条。

女生楼下的男生是浪漫主义的缔造者，手里拿着一束漂亮的玫瑰花或者一盒精美的巧克力的不乏其人，但是这一种情景往往要在黑夜才能见到，或者是怕给人认出吧。另有一些GG，开着车（自行车），停到女生楼下，拿出怀里那台最新款的手机，每隔三分钟就打通那个熟悉的电话："你出门了没有啊？我等到花儿都谢了！""你还不出门啊？我都快变成望夫石了。""你到底出不出门啊？哦，她已经出来了！"如此之类云云的。最精彩最低回缠绵的要算晚上十一点左右（因为十一点女生宿舍关灯熄灯）。GG、MM们拥抱在一起，MM会很动情地说："晚上睡觉不要着凉啊。"GG会"哦"一句，MM就一步一回头地走上楼，而GG目送MM们上楼后就徐徐地转过身来，吹着口哨缓缓地走回宿舍，此时一定要表现得要相当得有风度才行，天知道MM们会在楼上的哪个角落入神地盯着你呢。回到宿舍后，GG、MM们立刻煲起"电话粥"，大体是思念想你爱你之类的肉麻话，我想他们都是刺激中国电信前行的大功臣哪！有时候，电话可能还不够用，如果你们宿舍里面有两个以上的人有自己的MM的话，那么十一点钟以后对于电话的使用就一定要有一个君子协定，否则肯定会演变成"电话战"的。

在女生楼下，通常还少不了一些羞涩的求爱者。一封又一封的情书飘进了女生的宿舍。直接者会说出"我爱你，我吻你，我要发狂般地吻你，我的天使，我的皇后，我崇高的爱神"之类的豪言壮语；深情者也发出"我愿意伏

倒，吻你的裙边、鞋儿，即使不然，那么我的心肝，我就吻你践踏过的泥土和灰尘"的宣言，大有不到黄河心不死的意韵；含羞者则说"不知道为什么，只要有你在我的身边，我的心便不再惶惶不安"；有才华者则盗用了赚人热泪的泰坦尼克号的故事写诗曰"为何你是深海里的TITANIC/永远沉默/你可听见阵阵的海啸/那是我的眼泪/涨满了海/听不到你的回音/却把你埋得更深"，如此凄婉动人，简直是叫MM们热泪横流；当然也有幽默者云"我是开水，你是方便面，我泡定你"。总之是各式各样的情书都有，使得MM们目不暇接，而GG们则为某一次的神来之笔而激动不已，但求某一次的感动能够把几零几的那位小女生骗到手。但那些求爱者就像动物求偶一样，左冲右突而失败之后，就马上更换目标，同样一封呕心沥血之作结果辗转落到了好几个女生的手中，但却往往不能得到预期的效果。于是男生们失落了，有的拿起了久已生疏的吉他胡乱地弹奏几曲伤感的歌曲，而稍缺音乐细胞的哥们则把愤怒发泄在那几瓶啤酒上，在半醉半醒之间忽然故作超脱大吼而出：天涯何处无芳草，何必非在本校找！第二天又开始四处寻觅，重新寻找自己的爱情……

细雨飘窗：

青春的特征乃是动不动就要背叛自己，即使身旁沒有诱惑的力量。

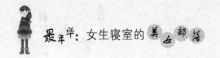

宋老五自述

刘 仁，19岁，大学生

大学女生宿舍关起门来什么话题都敢聊，出现频率最高的要数男生和爱情。展昭的过去，某某的罗曼蒂克，各人心中的王子……都上了议题。有时候"争论"会持续到十二点以后，惹得楼下的同学们忍不住拿起勺子敲盘子抗议。

我最喜欢的事是盘腿坐在"钢铁支撑"的床上，或是俯首吹箫，或是与姐妹们爆豆似的海侃一番——某某男生耳后似乎还有一片值得开垦的黑土地；王菲最近要到内地搞巡回演出了……说到精彩的地方，大家免不了趴倒在床上软绵绵的，笑成了秋风中摇摆的叶子，东倒西歪的。我突然断喝一声："好了！不准笑！谁笑今天就罚她值日！"这一招果然立竿见影，整个寝室仿佛刚刚遭受敌机轰炸过一般，音响全无。到头来，最先忍不住笑出声的，偏偏还是我自己，而且笑得还挺不成体统的，我就心里挺痛的。哎，不为别的，就怨自己自讨苦吃，何苦又揽上打扫卫生这等该死的苦差？

在此，本小姐——小徐也就是我徐老五，先给大家伙介绍一下同甘共苦的同室姐妹们。兰兰是老大，热情实在的山东大姐；老黄是老二，活泼可爱的开心果；小G是老三，爱发娇嗔的江苏妞儿；展昭是老四，大方泼辣的辣妹；我，徐徐，老五，水灵精怪的湖北丫头（这可是她们说的哦）；小丫排行老六，温柔贤淑的小女人；玲妹子个子最精练，而且在寝室表现一直很"稳定"，所以很荣幸坐上了老幺宝座。有人说，三个女人一台戏，那咱这七个女孩扎堆岂不是可以搭台唱大戏了？

正所谓的物以类聚，人以群分，我深深感觉到此言不虚。我们宿舍主色调

以随意为主，舒服为第一要义。只是每天的卫生检查不大够面子，我们都说可以了，已经够整洁了，比男生的猪窝那是强多了。可是每次卫生排名，偏偏总是垫底。老师不免恼火，可这些似乎并不能够影响我们的心情，大家照样乐哉如神仙。

在寝室里跟我关系最铁的要数兰兰了，她是我们整个寝室的中流砥柱，重大事情全由她主持拍板决定。如果你想知道谁过得怎么样，拨个电话问她就好了，因为大家有什么事都爱找她倾诉。她的个人魅力是有目共睹的。

大学女生宿舍关起门来什么话题都能聊，出现频率最高的要数男生和爱情。展昭的过去，某某的罗曼蒂克，各人心中的王子……都上了议题。有时候"争论"会持续到十二点以后，惹得楼下的同学们忍不住拿起勺子敲盘子抗议。

毕业答辩那几天，日子无聊得要死，老黄提议来玩牌，抽王八。结果这一抽就抽了四五天，经她的曲解和幽默，大家竟然一致承认，这抽王八是天底下最最好玩的事情，当然前提必须是由老黄同志作陪。老黄模仿起徐怀玉的歌《我是女生》来简直可以说是惟妙惟肖，讲起笑话来也是眉飞色舞的，很能感染人，能够调动气氛。临毕业最后几天她突如其来的闪电爱情也让我们匪夷所思，可出乎意料的是小两口子至今仍是甜蜜恩爱如初恋时分。

第二个学期开学，传来噩耗：玲妹子的妈妈去世了，刚好她又失恋，所以心情特别不好。陪着她在操场上散心，围着操场闷跑了1000米，然后到餐馆点了两个小菜，一人一瓶啤酒地对酌起来。菜没动，酒不到几分钟就下了肚皮，喝完之后，她搂着我好好地哭了一场，结果她没醉，我却吐花了她的外套。躺在被窝里为她哭，她却反过来安慰我。玲子似乎一直是那么坚强，她一直靠勤工俭学贴补生活，听到她说"只有妈妈会心疼我，她一走，再也没人照顾我了"就好心酸。

最近，小G终于办妥了一切飞到了新加坡，玲子的爱情也在雪花开始纷飞的季节彻底画上了句号。我呢，在武汉的工作还算不错，户口也终于落地，我不禁暗暗感谢苍天！本小姐在校时毫无理财技巧，花钱不少，月末还老是要厚着脸皮引进外资，也不知向室友伸过几次手，也不知被老大兰兰训斥过几次，可就是不知道该怎样节制。不怕你笑话，第一年春节回家，买了车票之后，我

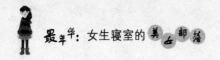

那干瘪的兜里总共只剩下十几块钱，不敢乱花，什么吃的也没有买，就买了盒口香糖嚼着。到武穴车站，拉开包看到里面的面包和饮料，当时被感动得稀里哗啦。老大姐果然不愧是老大姐，就是不一般！现在她在南京做文秘，但愿她爱情事业两丰收吧。

俺姐们的话就唠到这里吧，赶明再说，今天咱困了！

细雨飘窗：

来吧！朋友，踩在阳光下的大地上，与我们一起欢笑，别畏缩，别躲在黑暗中采集梦幻。

女生宿舍天大的两件事

李晓玲，19岁，大学生

话说，第二件天大的事，不免跟第一件有些矛盾冲突，但是也是在情理之中的。你想，晚自习后筋疲力尽地回到寝室，被减肥搞得疲软的肚皮又开始不安分了。于是有某女提议今天破一次例，大吃一顿如何？此提案先后获得其他七个女生赞成，唯独舍长态度坚决，表示不准违反规定吃零食。

本宿舍女生平生最注重两件事，第一件主要是因为看着日渐臃肿的身材滴了两滴眼泪之后，大家一齐拼命减肥，连瘦得像芦柴棒一样的小辛都说还要瘦下零点五公斤就好了，你说我辈能不奋力向前，迎头赶上吗？第二件就是有关吃的问题，减肥归减肥，可女生天生嘴馋也是有史可查的，这大家都是知道的。

现在，我就开始话说这天大的事情中的第一件：减肥。有天三辣子在卫生间忽然尖叫一声，红肿着眼跑出来，搞得大家莫名惊诧，也不知道出啥乱子了，好不容易撬开这丫头片子的尊口，竟然是因为发现魔鬼身材不复存在而悲！室长大人蓦然惊觉，撩起衣服来看，天哪，读毕业班时被"压迫"出的苗条身材早已不复存在。可了不得！于是大家齐拉警报，再也不能贪吃贪睡好吃懒做了！"减肥"开始成了主流的口头禅，于是乎宿舍女生的饭越吃越少，零食也几近绝迹，对外一致宣称"节省"以便开展活动。

除了在吃上动脑筋外，我们平生第一遭对运动感上了兴趣，周末一到，往录音机里放上杰克逊的磁带，音量调到最大，来，姐妹们，运动运动，跳迪斯高减肥吧！什么？不会？没关系，随便扭几下也行，你还想不想减肥了？答案很整齐：想！想那就跳吧。于是在震耳欲聋的音乐中，整个寝室沸腾起来，我

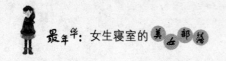

猜如果老妈看见了，非要圆睁眼睛呵斥"群魔乱舞"不可。你看篮子一颠一颠的，全身上下一起抖动，形同发羊癫疯一样做最厉害状，边跳边解说这叫最新式"抽筋舞"。惊得众人目瞪口呆，自叹模仿能力太差，学不了如此高难动作，只能眼睁睁地看着篮子满头大汗地陶醉其中，可谓又羡又妒啊。

正好，学校组织健美操培训班，我们一起欢呼：真乃及时雨也！所以我们宿舍十个女孩子齐刷刷地举起双手（就差没把三寸金莲也使上）捧上"学费"。我们仿佛看到婀娜苗条的身姿在向我们招手了。姐妹们，革命尚未成功，同志仍需努力，争取早日还我窈窕淑女来！

话说，第二件天大的事，不免跟第一件有些矛盾冲突，但是也是在情理之中的。你想，晚自习后筋疲力尽地回到寝室，被减肥搞得疲软的肚皮又开始不安分了。于是有某女提议今天破一次例，大吃一顿如何？此提案先后获得其他七个女生赞成，唯独舍长态度坚决，表示不准违反规定吃零食。"不，我们不吃零食。土特产不算零食吧？"篮子争辩道，颇有三分"窃书不算偷书"的强盗逻辑。"怎么，你有？"舍长也来了兴致，点点头肯定道："对，土特产不算零食！"

篮子手一指："我虽没有，可是那里有！"于是顺着她手指的方向，大家把所有的目光聚焦在唐妹床底下的那个桶子里面——对了，唐妹不是经常从家里带粮草过来吗？里面准有好吃的。可是，她自己还没回来呢！等她？嘴馋肚饿可等不及了。算了，反正她也不知道，咱们自个儿自觉一点儿，开始动手吧！于是大家立马分工合作：你，去门口放风；你，把桶拖出来；你，准备食品袋；你，拿垃圾桶……哇，东西一露白，挡不住的诱惑跟着浮上来，连放风的都被吸引了过来，这也不能怨她呀，你总不能叫人家老在门口守卫罚站白忙活吧？

大家吃得正欢的关键时刻，"砰"的一声，唐妹大大咧咧一脚踹门进来。刹那间，寝室里多了几尊局促的菩萨：舍长大人的嘴边还叼着半瓣没有塞进去的橘子；娜娜嘴里鼓鼓地塞满了葡萄干也不敢嚼了，再加上唐妹停在半空的右脚和那张几乎已经圈成了"O"型的嘴……寝室里顿时鸦雀无声——好安静的三秒钟。篮子在剥花生，看到大家一个个滑稽的表情，直笑得前俯后仰……

过了三秒，寝室猛地爆笑出声！大家笑成一团，把隔壁的姐妹们扰得都来观望，也不知道发生什么新闻了。唐妹看着我们的傻样，也上不了火，很大度地说："吃吧，就算是我支援灾区吧……"

哈哈，这回再也不用偷偷摸摸了，全抱出来瓜分了！非吃它个底朝天不可！

细雨飘窗：

　　一个人只要有纯洁的心灵，无愁无恨，他的青春时期，定可因此而延长。

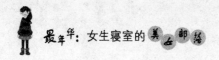

模范307

秦艳容，17岁，中专生

　　熄灯后有时大家也开个"小会"，继续熄灯前的话题。有一个晚上，模范307给班上的每一个人"画了一张像"，用一首4句打油诗描绘一个人的特点，大家紧张而又兴奋，就连番茄也帮助大家违反着规定。

　　在模范307的日子就这么一天一天过着，这些活蹦乱跳的日子，是满树的梧桐花，是床底下的篮球，是水房里的泡面，是枕边的闹钟，是床上的圣诞蛋弟，桌子下的镜子，嗡嗡叫的电扇，床头的磁带盒，在并不遥远的记忆里哭着笑着闹着。

　　一群人挤在黑板前，我在探头探脑，终于在"307"那张纸上看到了自己的名字。从此过上了在模范307的日子。

　　模范307既是那个小房间的昵称，又是我们307宿舍八个姐妹的统称。平时很好说话，一到值日就认真得不行的番茄是我们的舍长，这可是人民公仆型的好干部，其主要工作就是安排值日和充当闹钟；琪琪是个和善的小姑娘，可却有欺负番茄的良好癖好；小飞熊是"睡在我下铺的姐妹"，爱好睡觉；小牙是宿舍里的坏人；大宝以头大见长；兵马俑热爱学习。鳗鱼和暗梨（就是我）单独一人时，都既有礼貌又本分，但遇到一块，就闹得不亦乐乎，是宿舍的"不安分因素"。

　　其实，307是一间挺简陋的小屋，所有家具就是4张上下铺、1张长桌、4把椅子，柜子若干，还有一个电扇只含情脉脉一心一意吹它正下方的垃圾桶，而对其他都没有兴趣。说实话，307在顶层夏暖冬凉，但我们每个人都爱它，爱

它门前挂着的大家时不时用来擦一下手的优秀宿舍红旗，爱桌上矿泉水瓶里插着野菊花、小百合和勿忘我，早餐时分满桌冒着浓香的咖啡、牛奶和小点心，周五临睡前满床日记本、小说和CD。

　　放学后，如果回宿舍，也许在楼道里就会闻到洗发水的香味，也许在宿舍里会碰到啃苹果的鳗鱼，也许会听见隔壁吱吱扭扭但坚持不懈的小提琴声，下午的时光是轻松而闲散的，坐在窗口的阳光里，看操场上的足球赛，有时听鳗鱼弹弹她的吉他，或者看火红的落日在对面楼上的影子慢慢地、慢慢地沉下去……

　　晚自习结束后的30分钟用来洗漱，大大富余，于是大家都在热热闹闹地干些事。兵马俑坐在窗前，不愿让她的物理书这么早就休息；小飞熊满脸幸福地喝着牛奶——因为它有助于睡眠；小牙在吃东西，不时参加大家的胡扯，满脸善良地说一些很损的话——这是她被唤做坏人的原因；番茄专注地翻着漫画；而暗梨和鳗鱼又在闹了。一天晚上，琪琪讲了一个把女孩倒过来拿头发当墩布的有些吓人的鬼故事。刚讲完，大家都有些紧张，忽然暗梨和鳗鱼指着对方长长的头发大笑起来，于是一晚上，暗梨管鳗鱼叫墩布，鳗鱼管暗梨叫拖把，两个人都美滋滋的——都以为自己的那个称呼比对方的可以忍受一些。一到十点打了熄灯铃，只有番茄和小飞熊积极关灯，分别为了不让宿舍扣分和睡觉。这时飞熊会坐在床上大叫："一天的幸福时刻来了！"然后满足地躺下去。

　　熄灯后有时大家也开个"小会"，继续熄灯前的话题。有一个晚上，模范307给班上的每一个人"画了一张像"，用一首4句打油诗描绘一个人的特点，大家紧张而又兴奋，就连番茄也帮助大家违反着规定。

　　在模范307的日子就这么一天一天过着，这些活蹦乱跳的日子，是满树的梧桐花，是床底下的篮球，是水房里的泡面，是枕边的闹钟，是床上的圣诞笤帚，桌子下的镜子，嗡嗡叫的电扇，床头的磁带盒，在并不遥远的记忆里哭着笑着闹着。在模范307的日子，是深夜的一片天空，一些心情，是那些闪烁的星斗，慢慢变得好大好大……

细雨飘窗：

　　真幸运我们能够有缘走到一起，曾经一起笑，一起唱，一起跳，有太多的欢乐，我们共同分享；也有太多的苦恼，我们一同分担。

大款的女儿

张丽萍，17岁，高 二

　　我偏偏成了众人眼里的"不幸儿"，做了林的下铺。老妈一个劲地唠叨："我们可是工薪阶层，她家的奢侈生活，你千万不能学噢！这种孩子读书都是不用功的，你可不能荒废学业。"周围的同伴都提醒我："人家有钱不会看得起你这样的穷人，要有自知之明。"简直就是与狼同屋的感觉。

　　林是个开朗活泼的女孩，平时在校园里看到她总是大大咧咧冲人做鬼脸。如此热情的女孩竟然没人敢与她住同屋，理由听起来有些荒唐：她的老爸是大款，和富家小姐住在一起，好学生也会变坏的。

　　我偏偏成了众人眼里的"不幸儿"，做了林的下铺。老妈一个劲地唠叨："我们可是工薪阶层，她家的奢侈生活，你千万不能学噢！这种孩子读书都是不用功的，你可不能荒废学业。"周围的同伴都提醒我："人家有钱不会看得起你这样的穷人，要有自知之明。"简直就是与狼同屋的感觉。

　　恰恰相反的是，我的上铺像一只温柔的小绵羊，虽然家有四辆豪华轿车，但她舍不得买一辆新自行车，每天骑着六十元买来的"老坦克"穿梭在校园里。每个月回家，她和伙伴们一样排队挤长途车。六楼的邻居买了饮水机，享受送水上门服务，但林坚持自己打水。大款的女儿比我们更关注超市的特价商品，为节约五角钱，骑一个小时的车赶了回特价。

　　读书，林更是班里的超人。凡是来参观过她的床的人都会善意地提醒：小心"书墙"半夜里"坍塌"把你的头砸破。同学把林的"书墙"当成小图书馆，毫不吝惜的林有求必应。我是林的夜自习搭档，为了互不影响，她主动提

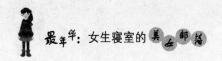
出要分开坐。林的上课笔记是大家的摹本，每临考试，她的笔记就成了抢手货。有付出就会有回报，两年的奖学金，林都是金榜题名。

平时一起吃食堂，一起买水果还价，没人知道她是大款的千金。唯有在为贫困生捐款的时候，她出手大方，一个顶三，去年有个师姐得了白血病，林把一个月的生活费都贡献了出来。

林的烦恼来自她的头衔，也许别的同学不打招呼没事，可林不行。有一次没戴隐形眼镜，骑车从伙伴身边走过也没露个笑脸，结果被人说成摆大款架子，为此林哭了鼻子。

林常挂在嘴边的经典是："我现在不是大款，大款是我爸。也许未来我也会赚很多钱，但至少我现在还是一介穷学生。"林说她要以自己的行动证明，也许有的人的成长道路是用金钱铺设的，但她不是，每一次成功的喝彩都是自己奋斗的收获。林的手机屏幕上写着：富不过三代。

细雨飘窗：

健康和简朴的物质生活，舷生成最崇高的精神生活。

下铺姐妹

刘晓琴，19岁，大学生

> 我索性躺在床上摆出一副死猪不怕开水烫的样子对她说"怕死不是共青团员"。她听后哈哈大笑，然后开始一反常态地翻起书来。翻了一会儿，突然扔下书本对我面露凶光："该来的终究会来！死定了！"这让我着实吃了一惊。我连忙爬起来继续看书……可是她却丢下书出去玩了，考试前就再也没有看过书。

　　住在我下铺的姐妹，人长得文文静静，梳个小辫子，整日一副很淑女的样子。她每天在我的视野里飘来飘去，像个鬼魂。我说她像鬼魂不是一点儿根据都没有的，大家都这么说她，她长得也实在是太瘦太弱了。有一次，我眯着眼睛看了好一会得出了结论，她的手臂细得简直就是一把筷子，于是我把我的惊人发现告诉她。她却告诉我，她妈妈在上中学的时候是扮演过"芦柴棒"的，于是我恍然大悟，遗传遗传，这就难怪了。

　　她平日总是给你一副魂不守舍的样子，天天的"难得"糊涂。但是每每出言另辟蹊径不得不让你另眼相看。一次和另一个姐妹在神侃，侃来侃去说到"诽谤"上来，具体什么事情，我现在早就记不清楚了。她在一旁突然细声细气说了一句："诽谤可是个很大的事情呀！"

　　"为什么这么讲？"

　　"你想呀，一个墨西哥电视剧就能演一百多集。"

　　我和另一个人笑得东倒西歪，连连称赞她的独到之处。

　　她总是给人傻乎乎的样子，但是这正是她做人随意舒服的聪明之处，却也是我一直参不透的地方。比如说冬天的时候我们一起臭美扎了耳洞，她一不小心就把耳朵冻伤了，因为她太着急，所以戴了一个金属的耳环。之后，她对耳朵明显爱护起来。每天上学的时候她都用一个傻傻的耳包，把耳朵保护得严密极了。上课的时候连老师都摘了帽子，只有她坐在前面，却很惊世骇俗地戴了个早就过气的耳包。出于一个寝室对外的影响，我不止一次地告诉她不要戴这个东西了。可是她却屡教不改，后来我气急败坏地说："你怎么这么傻呀！"她却说："你不知道吗？傻瓜力量大呀！"弄得我一点儿脾气都没有了。

每到考试前夕，我总是痛苦不堪，简直可以说是被折磨得比黄花瘦。

每天狂补落下的课程的时候，心里就特别后悔从前那些日子想方设法逃课的往事。可她却我心依旧——整日优哉游哉，直到考试逼近的最后三天或者两天才开始看书，但是每每效率惊人，让我不得不佩服。可是有一次例外，那次考试之前老师留了几十道思考题。我每天看书思考，脑袋憋得都快有西瓜那么大，却还是没有丝毫的头绪。后来我索性躺在床上摆出一副死猪不怕开水烫的样子对她说"怕死不是共青团员"。她听后哈哈大笑，然后开始一反常态地翻起书来。翻了一会儿，突然扔下书本对我面露凶光："该来的终究会来！死定了！"这让我着实吃了一惊，我连忙爬起来继续看书……可是她却丢下书出去玩了，考试前就再也没有看过书。考试结束的时候我才明白她的理智：因为我和她都没及格，而这早已是她预料之中的事情了。

细雨飘窗：

少壮不努力，老大徒伤悲。

宿舍卧谈

桂黄凤，17岁，高 三

现在我们的卧谈会上，关于闲书的话题很多。大学时代，不光要读圣贤书，还得读一些闲书。不然只学专业课，人都会变得机械僵硬。最近二月河的《雍正皇帝》什么的一套帝王书在同学之间传得很广，大概今晚卧谈会的闲书话题就是它吧。

高中时代，女生之间流行的只是一本本席娟之类的言情小说，谁若买了一本，大家便争相传阅，都沉浸在浪漫情怀中，认为世界很美，是由梦想和爱情编织而成的。而到了大学，世面上流行什么小说，女生间便传看什么小说。有一阵《来来往往》在电视上热播后，一位同学买了一套《池莉文集》，大家看得不亦乐乎，上课时偷偷包个书皮在底下看，课间时看，夜里熄灯时打着手电筒看。池莉笔锋锐利，她笔下的生活非常现实，充满了小人物的挣扎苦恼和无奈，看完她的书后，我们不愿再在浪漫情怀中迷醉，当我们想到将来30岁或40岁时，需要面对的柴米油盐的现实生活，憧憬少了，而担忧却多了。我们会在宿舍里讨论作者的思想和她小说所反映的社会现实，对照着我们自己的生活，提出生活究竟是什么样的疑问，发出杞人忧天的感慨。

大学生，生理发育成熟了，可有关生理方面的知识大多是道听途说而来的，夜深人静时，我们有时候在宿舍里讨论一些这方面的问题，可都是朦朦胧胧的，很多问题大家都有疑问。生理知识知道得少，不代表人就有多纯洁，而只能说明知识匮乏，不成熟，缺少自我保护能力。因此，我们渴望受到系统全面的理论知识的熏陶。

这时《女性生命的历程》犹如一场及时雨，适时地出现了。我们班女生凑钱买了这本书，相互传看。这本书非常科学地论述了女人一生的生理现象，我们很多从小到大都不明白的问题，通过这本书全部解决了。看完这本书，踏实多了，我们再讨论这些问题时，便有了科学依据，此书拉近了女生之间的距离，增强了我们的自我保护意识。

不过买书追随潮流，也有看走眼上当的时候。一位同学看了《北京青年报》上关于卫慧的《上海宝贝》所引起的轩然大波的报道，对其人其书产生了浓厚的兴趣，正巧校园里有卖此书的，便随手买了一本。那时什么新新人类、美女作家被炒得满天飞，大学生是不甘寂寞的，颇想接受新事物，一时间此书在女生间传了个遍。大家的普遍反映是觉得此书语言还算优美，毕竟卫慧是复旦大学的高才生，可是全书内容却不敢恭维，充满了对肉欲和金钱的膜拜，难道新新人类便是这样新潮的？我们有一段时间，晚上卧谈会的话题都是对这本书的大争论，对此书充满了质疑，不知此书为何在市面上如此畅销。

后来此书终于遭禁，我们拍手称快，心中的疑团也解了，不是我们理解力差，不懂艺术，而是此书确实太烂。唯一的遗憾是这本烂书耽误了我们的大好时光，好在我们意志坚定，有识别好坏的能力，没受此书毒害。

现在我们的卧谈会上，关于闲书的话题很多。大学时代，不光要读圣贤书，还得读一些闲书。不然只学专业课，人都会变得机械僵硬。最近二月河的《雍正皇帝》什么的一套帝王书在同学之间传得很广，大概今晚卧谈会的闲书话题就是它吧。

细雨飘窗：
　　超乎一切之上的一件事，就是保持青春的朝气。

熄灯之后的故事

吴文秀，19岁，大学生

我深吸了一口气，终于吼出来："大小姐，你今晚到底要怎么着？人吓人，会吓死人的，知不知道！刚才不是已经做过面膜了吗？又糊了些什么东西上去呀！"

李冰的双眼几乎喷火，脸上依然波澜不惊。蒙蒙"咯咯"地笑开了，说："别逗她了，现在做的硬膜，可不比软膜，不敢说话的！"

"哦！"我大悟。

突然，整个寝室一片黑暗……

"哇，怎么这么快就熄了？我的面膜还没剥呢？真糟糕！"李冰一阵手忙脚乱。

"大美女，你还在下面？把我的蜡烛递上来。快点儿。"风儿开始嚷着。

"还有我，也给我点支！"林笑也探了出来。

"还有这儿！"蒙蒙。

……

"你在干什么呢？那么认真！复习也没见你那么投入。"李冰的脸从桌子那头凑过来。摇曳的烛光下，我的心跳漏了半拍。

定了定神，我把头重新埋进书堆背后："大姐，麻烦你把脸别过去，不然就把那皮儿撕了再说话。"

"哦，对了！我告诉你们件事儿。"林笑从床上坐了起来，"今天我在'龙的天空'聊天室看到有个叫星期八的用公聊说：'我只和河马聊！'气死我了！

把我放哪儿呢！河马是我老公耶！"风儿懒懒地开口了："如果河马不到一米六，眼小鼻塌，你还这么激动不？""话可不能这么说。身高不是距离，体重不是压力，年龄不是问题。对吧？"我停下笔，饶有兴趣地加入了话题。

"美女就是美女！最了解我了。"林笑开始拍我了。

"那当然，"我得意地晃晃头（马屁焉有不受之理），不经意间眼光瞄到了李冰那边。我深吸了一口气，终于吼出来："大小姐，你今晚到底要怎么着？人吓人，会吓死人的，知不知道！刚才不是已经做过面膜了吗？又糊了些什么东西上去呀！"

李冰的双眼几乎喷火，脸上依然波澜不惊。蒙蒙"咯咯"地笑开了，说："别逗她了，现在做的硬膜，可不比软膜，不能说话的！"

"哦！"我大悟。

"今天我见到班长的男朋友了！"风儿丢出一枚重磅炸弹。

"什么？"异口同声。

"班长拍拖了？怎么事先一点儿风声都没听到！是谁？啥样的？"林笑的声音都走调了。

风儿继续说："那人戴了副墨镜，高高瘦瘦的，看起来挺斯文的。好像是计科系的。"

"计科系？会不会找不到共同语言啊？我们可是学英语的哦。"我开玩笑地说。林笑的头又从帐子里探出来："你的眼光别那么高好不好？"

"谁眼光高了？我只是指出问题的关键！"

"你那也能叫问题的关键？瞎扯。"

"但你不能否认有这问题存在的可能性。"

"喂喂，别争了，"蒙蒙插上来，"美女，今天又上网和谁聊了？"

"没有和谁开聊。"我回答。

"什么？"又异口同声。

"这不像你的作风哟！"

"对呀！你不是从来都开四个窗口的吗？"

"你说那样手指跳动的频率才够高，脑部运动才能做到最好！"

"交代交代！"

头皮一阵发麻。

"咳，咳，"我清了清喉咙，"同学们，我今天是去回E-mail的，只上了一小时。还没聊天呢。"

"哦……"

"那聊了些什么？"蒙蒙不死心地追问。

"国家，民族，世界和平。"

情况不好，不明飞行物从我头顶掠过。

"哎，别闹了。大家都睡了吧！明天一早还得背书呢。李冰，你也早点儿弄好早点儿上床去！"风儿发话了。李冰？我不敢回头。

"晚安。"

"晚安！"

……

细雨飘窗：

真正的青春、贞洁妙龄的青春，周身充满了新的血液，体态轻盈而不可侵犯的青春，这个时期只有几个月。

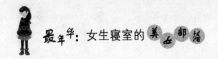

牙膏的故事

张 定，18岁，中专生

终于，又有一天早上刷牙时，罗英又高呼起来："哦，糟糕！牙膏又没啦！"我一时忘乎所以，忙不迭地把牙膏递过去，笑容可掬地说道："用我的！"罗英刚要伸手接，刹那间似乎想起了什么，她缩回手去，有点儿抱歉地笑了笑："算了吧，你这牌子我用不惯！"

"哎呀，怎么回事呀？"看着手里昨天才买回来而今早就已快"光荣牺牲"的牙膏，我不禁叫起来。

"怎么啦？怎么啦？"罗英赶紧过来凑热闹，"这么快就要用完啦？真要记住去买牙膏了！"

"哎呀！我也没啦！给我也挤点儿！"王霞也凑过来了。

"唉！"我退到一边，无可奈何地叹了口气。

不知从何年何月何日开始，可能是由于我的迁就吧，这样的故事便无数次地上演起来，经常是刚买的牙膏没几天就挤得"滴膏不剩"，一瓶开水刚提回宿舍，便你一杯他一杯地借出去了。开始是觉着"小事一桩，不足挂齿"，然而当这"小事一桩"慢慢演变成了"一桩桩、一串串"的时候，我的气恼也就"油然而生"了。

气就气在面对她们"丰富多彩"的理由的时候还得赔着笑脸。而她们哟，并非懒惰——她们一天到晚马不停蹄，忙个不停；也并非"贫穷"，高兴时一大袋一大袋的零食提回来稀里哗啦到处乱丢！但偏偏在一大清早的洗漱时，"挤一点！""借一下！"成了永不变更的一句台词！——再精彩的小说看腻了也会乏

味呢，更何况——我寻思着，脑子里逐渐展开了一套"正规"的方案。

第二天，等她们都洗漱完毕后，我才下床。刷牙后庄重地在寝室里宣布：牙齿大出血！——是吗？牙齿偶尔出一下血，太平常了！室友们未放在心上。

第三天，又照样演了一阵。

第四天依然："出血"。室友们稍加重了一点儿语气，罗英说，吃东西要注意冷热。第五天、第六天、一个星期过去了。

星期天早上我照本"演戏"时，她们一个个严肃起来，"莫不出了什么问题？""不能总这样啊！""得上医院看看！"最终她们决定陪我去医院检查，我"谢绝"了她们的"好意"，独自一人"去"了医院。

到外面溜达了一圈回到寝室，众人见我愁眉苦脸的样子，都不知出了什么大问题，我配合着"气氛"，把握着"火候"，等寂静了一阵才把早已拟好的"台词"用带哭腔的声音吐出来："医生给我做了检查，结果是、是、是我得了牙周炎——"顿了顿，才搬出最重要的一句"病倒不重，只不过会传染——"

"啊？"——显然谁也不想是这种"不重的病"，我心里乐了。

一台苦心经营的戏终于取得了预期的效果，自从我从医院"检查"回来那天起，我的东西便再也没被"借过"了，那天从"医院"回来顺便买的一盒牙膏打破历史记录，竟用了差不多一个月，我暗暗佩服起自己的"高明"来。

然而慢慢地，我又隐隐感到了另外一种烦恼，我注意大家同我讲话时的距离远了，和我吵闹说笑的人少了……这种烦恼似乎比牙膏的"一次性用完"还要令人气恼。

寂寞，有时候真可怕，一天又一天中，我觉得自己变了，变得抑郁起来，变得惶恐起来。

终于，又有一天早上刷牙时，罗英又高呼起来："哦，糟糕！牙膏又没啦！"我一时忘乎所以，忙不迭地把牙膏递过去，笑容可掬地说道："用我的！"罗英刚要伸手接，刹那间似乎想起了什么，她缩回手去，有点儿抱歉地笑了笑："算了吧，你这牌子我用不惯！"

这牌子的用不惯？哎，这能怪谁呢！

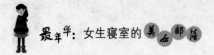

细雨飘窗：

　　我不想成为逃离大海的浪花，因为青春的我最怕孤独；我不想成为离开群体的孤雁，因为青春的我更需要友谊。

宿舍就是一个家

张会娟，20岁，大学生

> 外面的世界也许很精彩，但是，我们的宿舍却是一个永不设防的家，外面累了，可以回来轻松休息，可以在这里舔舐伤口，放假时，在家里想得最多的是宿舍，想着遗落在这里的笑声……

中秋节，我倚在窗前望着树梢上的月亮，淡淡的心情如一汪清冽的泉水。转眼就是大学的第二个中秋节了，一年已经过去了，快得像梦一样抓不住。我在心底感叹着摇摇头，回过头来加入到宿舍节目的快乐之中，虽然远离家乡给每个人都带来了几分愁绪，但是离家一年了，逐渐把宿舍当成了家，也可以忘怀地欢乐一下。

我的宿舍一共有六个人，一年365天被六个平凡的女孩演绎着。大一入学时，报完到收拾完宿舍，李娜看着小车发动，离开自己的视线，一脸漠然地回到宿舍，在舍友们收拾东西的忙碌中倚在床上拿起一本书翻着，我上前走近她介绍自己，她眼皮也没有抬，说："李娜。"冷冷的。后来回想这件事的时候，我想她大概不想知道谁是谁，也许她在上大学之前就决定留给自己的只是冷漠。

然而当我们忙完彼此介绍时，她的冷漠再也无法继续下去，她本来就无法对别人的微笑冷然置之，也不会拒绝别人。随着日子一天天过去，李娜忽怒忽吵忽静的脾气在我们面前发挥得淋漓尽致，冷漠在宿舍被抛得远远的，也许这就是李娜本来的一面吧！可是她那能吵能闹的天性将宿舍搅得天翻地覆，总是缺德得让别人恨不得冲上来掐死她，当她忧郁时，她总是沉静在大众的欢笑之中，对任何东西都充耳不闻。在些地方李娜和秀兰是一样的，她们都会在暴力中融入温柔，偶尔也会丢掉一切坚硬的外壳，去温柔一次，这一点我觉得她们像极了。有一次，娟子不小心把腿扭伤了，为了使红花油发挥出更好的功用，李娜蹲在那里为娟子揉搓了半天，一直到抹药的地方抹得发热了才站起发麻的双腿，又去倒洗脚水等。然而，过不了一会儿，她便开始重新冷漠，冲着娟子臭骂不止，娟子只好可怜巴巴地望着她，但李娜仍然无动于衷地继续怒骂，等她骂够了丢下一句话："你可以睡了，今天到此为止，注意别把药弄到被子上，笨蛋。"起身就走了，一年来，对于李娜喜怒无常的性格，我一直想不透，也许与她性格相似的秀兰是很明白的吧！

秀兰，是一个来自北方的女孩，也是我入学最早认识的同学，中等身材，颇为健壮，肤色偏黑，性格热烈奔放，但也有低沉的时候。听李娜说，秀兰有个青梅竹马的男友，而且双方家长也都默许了，秀兰是我们宿舍中最爱学习的人，晚上熄灯后，她却还在打着手电，对她这种刻苦的精神，我很佩服，觉得应该向她学习。秀兰和男友联系较多，秀兰曾对我说"感情就是感情，不会去改变的"。我没有说什么，因为秀兰是一个只会表达自己看法给别人的人，而对于别人的看法，秀兰往往是不予理睬的，在宿舍的时候，她总是闹得像一个孩子，大声唱歌，手舞足蹈地乱蹦，根本不像个大学生。她的脾气也很火爆。两句话说急了就开始叫，再急就开始出拳头，很多想法都掩藏在粗暴的呵斥之中，这一点与李娜颇为相似，也许两人都是北方人的缘故吧！有一次，娟子两句话惹火了她，她顺手就把手中泡苹果的缸子丢了过去，娟子一闪躲了过去。熟知她性格的娟子站在门口故意火上浇油地骂了她两句神经病、疯子，就丢下暴跳如雷的秀兰去水房洗脸了，我过去把缸子拾起来，然后坐在一旁看着，这么多日子跟她们的相处，我还是有点儿胆战心惊。田珂没有理我，捶床大骂后，过去踹娟子的水壶，谁知一失脚，倒把自己的水壶踹烂了，她更是怒发冲冠地在那里骂娟子，简直就是疯狂得要咆哮了，而从水房回来的娟子倚在门边幸灾乐祸地望着田珂，嘲笑她笨蛋，李娜与晓玲在旁边狂笑，我只是静静地看着每天一幕的戏，此时真应该用"痞子"一词来形容田珂：她大声地咆哮着，在凌乱的宿舍中，别人投来嘲笑的目光，嘲笑也罢，狂笑也罢，并不曾让她停止咆哮，因为让她咆哮的，不是别人的目光，而是被她踹的壶，大概田珂咆哮

累了吧，就坐在床边又重新开始啃她的苹果，似乎刚才愤怒的人不是她。

娟子比田珂略高，瘦瘦弱弱，五官也都很小，一副厚重的眼镜在原本诚实忠厚的目光下变得有点儿狡黠。在心里我一直号称她为现代林黛玉，听李娜说，她是高中全班传奇性人物，据与她同坐半年的男生宣称，他们之间唯一的一次对话为："让我过一下！""哦"，于是高中毕业时，全班男生回忆是否与她说过话，结果是绝大多数人都摇头叹息，现在却敢与田珂斗争，其勇气不可谓不大。娟子有一个非常伟大的思想：男女之间要什么爱情，友情就足够了，此观点虽屡遭同室人的批驳，但娟子同志坚守阵地，毫不畏缩，这就是娟子给我最感动的地方，坚韧不拔。

晓玲，南方水乡灵气孕育出的江南女子，身材修长，皮肤白皙，温婉可亲，有迎春之灵，而无其懦弱木呆，本来晓玲是个很好的大姐型的人物，后来竟然也逐渐地有类似痞子的行为了。我一直认为是整个宿舍的不良习气，但是我一直无法证实我的想法，也许是先天发育不足，起步又太晚，最后总是惨遭教训，偶尔也会来我这儿领一两句安慰鼓舞的话，但她从没有流露过感激之情。晓玲喜欢买很多零食，在入睡前大伙分而食之，然而总是因为分赃不均，她总是在大家逼杀下抱头鼠窜。每每有"英雄"来闯此美人关，但她总是无动于衷，她曾当着大家的面宣称遇到有感觉的人，她会很主动的，此语让我跌破眼镜，真以为自己听错了，怎么一个应该很传统的女人竟有如此个性呢？

就这样一群秉性如此不同的人聚在一起，但是每天却总是不缺少笑声，闲暇时我们会一起闹。有一次娟子与李娜唱《霸王别姬》，娟子与晓玲伴舞，我是观众，当跳到虞姬自刎的时候，扮演霸王的晓玲不等虞姬拔剑，就将充当剑的木棍塞到田珂手中，秀兰往脖子中一横，然后作势后倒，晓玲大概以为只是作势，便伸手虚援一下，谁知秀兰却很实在，结果，"咕咚"一声巨响，田珂直挺挺地栽倒在地上。娟子与李娜笑得差点儿背过气去，晓玲愣了一下，也开始狂笑，田珂躺在地上气得半死，猛地跳起来，抓起枕头就砸："让你们笑，让你们笑！"于是就又开始了一场混战，看得真觉得好笑，这是否是一出比《霸王别姬》更为精彩的一幕？外面的世界也许很精彩，但是，我们的宿舍却是一个永不设防的家，外面累了，可以回来轻松休息，可以在这里舔舐伤口，

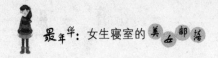
放假时，在家里想得最多的是宿舍，想着遗落在这里的笑声……

一年过去了，在中秋的时分，又会上演什么样的节目呢？一群在外的女生竟然全身披挂床单蚊帐枕巾在玩食物大战！

一个宿舍就是一个家，会成为每一个宿舍人员心中永远的回忆，珍惜它吧！

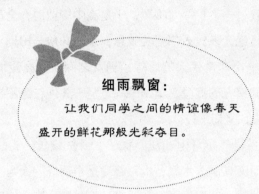

细雨飘窗：

让我们同学之间的情谊像春天盛开的鲜花那般光彩夺目。

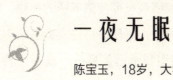

一夜无眠

陈宝玉，18岁，大学生

寝室里沒有别人，似乎缺少了一些生气，除了我书桌上一只玻璃缸里执迷不悟的小乌龟——它正用它独有的方式向我，不，或者说是向世界反抗着——它需要自由。我给了它一些食物，告诫它别想逃出这个它的世界，其实自由并非你所想的那样，自由并不代表一切，有时候甚至是一种牵绊。

点着一盏橘色的灯，柔柔的灯光，蜷缩在暖暖的被窝里，腿上放着没有名气的作家写的一本不知所云的书，手中捧着一杯热热的咖啡，我努力寻找着一个最惬意的姿势来打发这个孤独的夜。

寝室里没有别人，似乎缺少了一些生气，除了我书桌上一只玻璃缸里执迷不悟的小乌龟——它正用它独有的方式向我，不，或者说是向世界反抗着——它需要自由。我给了它一些食物，告诫它别想逃出这个它的世界，其实自由并非你所想的那样，自由并不代表一切，有时候甚至是一种牵绊。然后我又懒懒地恢复了我的那个姿势，我是自由的，自由得一塌糊涂，可是我却向往一种有约束的生活。

书写得冗长且沉闷，使周围的空气都开始变得稀薄起来。外面的世界很闹，和我这里有着天壤之别，其实夜幕才降临，喜欢自由的精灵正悄然驶出巢穴，开始一天的活动。而我呢，厌倦了自由，所以也开始害怕黑夜，潜行潜逃，我是个被自由遗弃的宠儿——遗弃的。

门开了，是芳儿——一个崇尚自由的精灵。她锁上门，打开灯，坐在我的床上，很优雅地抽着烟，一种我永远都学不会的姿势。她递给我一根，我没有接。我喜欢嗅男子身上那种淡淡的烟草味道，萦绕着一种我猜不透的神秘。我也喜欢看着烟在指间缠绕，延伸出一种冗长的思念。可是，打住，我是一个正在尝试着做一个很淑女的小孩，呵，在妈妈眼里我永远都是一个长不大的小孩。所以，我拒绝被诱惑。

我不愿孤独的时候被打扰，因为那愁绪似乎是会传染的。我们彼此沉默着，想着各自的心事。我拿出日记本——这是长久以来排遣郁闷最好的方法。一页，两页，我胡乱地写着，前言不搭后语，钢笔堵了，墨水溅了一地，我有一种想哭的冲动。

放好了日记本，我的心绪也开始平静下来。她还是在抽烟，连平时最喜欢去的酒吧也不感兴趣。我开始喝咖啡，苦的，不加糖和奶沫的。那种香味，那种苦涩，那种带着说不清、道不明的情调，都使我沉醉，上瘾，不由自主的，是一种境界。我就这么一直坐着，穿着衬衣。窗开着，很冷，可是我却不想动，手中的杯子是热的，冷风使我更清醒，是的，我需要清醒，来看清那猜不透的事实。

她坐在那里，似雕像，眼圈红红的。穿着一件黑色的T恤，她穿黑色的很漂亮。

天开始亮起来了，精灵们结束了一天的生活，回家了。

她终于困了，倒在床上。

我扫了满地的烟头，打起精神准备开始我的一天。

出门的时候，我发现自己感冒了。

细雨飘窗：

　　青春的我们，应该积极地面对生活。

寝室的电话

王丽华，20岁，大学生

都说女性是永远长不大的小孩，比六月的天气还更精彩。这位舍友就是最好的例证。每当看到通话的舍友时就会听到她淡淡传来："对我来说，打电话。哼！简直无聊！"那冷冷的话就像一把利刀刺到了我们麻木的神经。乍听，还真是神圣，自责自己怎么会如此庸俗！但是话还没品味完，她的朋友就好像是纪检人员一样明察秋毫，立即打电话来，无奈神圣也只能像政客那样空说话，一接电话的她就好像阴转晴的天气，而且语气比我们还倍感炎热！

女生楼318宿舍10个可爱的中文班女生发誓要把宿舍电话聊到底。

阿丹：窗口，是她的窝，电话是她的情人，这里没有少女的矜持，没有醉人的情话，萦绕舍友的只有洪亮的声音——令人毛骨悚然的笑声。周围的一切都不能成为她的威胁。不过我还真的有点儿担心她的电话里传出"对不起，你的200卡上金额已用完"时，这家伙会不会沿着她的"窝"把电话摔下去。

阿芝：都说女性是永远长不大的小孩，比六月的天气还更精彩。这位舍友就是最好的例证。每当看到通话的舍友时就会听到她淡淡传来："对我来说，打电话。哼！简直无聊！"那冷冷的话就像一把利刀刺到了我们麻木的神经。乍听，还真是神圣，自责自己怎么会如此庸俗！但是话还没品味完，她的朋友就好像是纪检人员一样明察秋毫，立即打电话来，无奈神圣也只能像政客那样空说话，一接电话的她就好像阴转晴的天气，而且语气比我们还倍感炎热！

阿庄：总是会大声说："我有手机！宿舍电话算老几！"而她的右手这时

已把电话悄悄提起，轻轻地拨起一串长长的号码。完了，总挂起招牌笑容，面对舍友诧异的目光解释道："毕竟是宿舍的东西，有空得跟它沟通、沟通！毕竟我是舍长呀！哈哈！我的手机费还是蛮高的啊！快复习啦！看啥啊。虽然，我长得还不错！"多可爱的舍长啊！又是一位典型的女性。

阿香：可以久久地蹲在走廊上，怀抱电话，露出极具特色的神情，这一动作维持足以竞逐吉尼斯纪录，不知情的人还以为她正碰上那种日子抱病在身呢。正想拉她一把，却被她突然而来的可怕笑声吓得连滚带逃。躲在一旁看戏的舍友早已笑成一团了。

阿晖：她进宿舍的暗号就是："有没有打电话给我的？"如果刚碰上她去网吧的日子，这句暗号念得更频了，唉！又是现代科技的早产儿！

阿莹：当舍友"喂，听电话啊"。这句咒语发动时，她就会变成超音鼠，从隔壁宿舍瞬间奔跑回来，挂在墙壁的毛巾都受到她的速度影响，在摇曳不停！唉……速度之快，光速也无法相比啊！

阿涛：宿舍电话，她不屑一顾，手机是她的最爱。十一点之后，拿着手机叽里咕噜是常有的事。正所谓"床前荧幕光，疑是电用光，举头拨号码，低头笑骂语"。子夜不眠时，抬头一望，她正在被窝里send短信呢！

阿婷：很温柔，慢性子，就算是火烧眉毛也不会有什么激动的动作，与世无争（可以说争不过）。电话甚少与她联系，就算她耐不住寂寞，跟电话谈谈心，电话也不会有啥声音回应她，看来"大众情人"好像不怎么喜欢温柔的女孩哦。

阿燕：百米冲刺到电话旁，然后不急不慢优雅地拎起话筒，温柔袅绕。万种风情尽在其中的一声"喂"。那声"喂"简直能把钢铁变成绕指柔。接着便风清细雨犹如花开之声。用让"地下党员"传话的人都自觉惭愧的声音窃语着，紧接着她还会高雅地斜靠墙边，还不忘要对舍友来一个"回眸一笑百媚生"。最后宿舍各位高标准严要求的评委一致通过表决：她为318的年度最佳影后。

而我嘛，我只会从醋瓶里窥探她们的"媚态"。我是最潇洒的，瓜子不离手，二郎腿随时有，背靠床板头一倒，吉他怀里抱，电话一声响，天时地利，伸

手接电话，附和一声"娇滴"："你好，请问找哪位？"听她人通话，还美其名曰温柔第一。无奈，可怜天下接线员，接尽天下无数线，却道天下无人识君！

唉！电话，爱你没商量，把你聊到底！

细雨飘窗：

人与人的友谊，把多数人的心灵结合在一起，这种可贵的联系，是温柔甜蜜的。

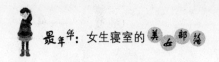

青春305

孙丽娟，19岁，大学生

阿紫是寝室里出了名的蛀书虫，又特爱护她的书，特别是名著，谁要是动一动她的书，立刻回以白眼相送，别的什么事她都可以跟你开玩笑，但书这回事可别闹着玩。各舍友也熟知她的脾性，都少惹她的书为妙。可那天晚上叮当不知为何竟把阿紫最心爱的名著《钢铁是怎样炼成的》撕烂了。阿紫睡前必做的一件事就是看书，发现了这么一件大事，她能不发火吗？她当即咆哮着问："是谁把我的书撕烂了？"寝室里一片寂静，没人出声。虾米、晨晨大眼瞪小眼，连大气也不敢喘一口。

下着雨，拖着疲倦的身躯，迎面走向属于自己的避难所，也是属于我们八个小姑娘谈心的大本营——305宿舍。

站在门前，门后的她们不外乎正在研究某班有个帅哥，打篮球时弹跳力如何如何棒，如何如何帅，酷毙了……唉！千篇一律的话题。咚咚！有人敲门，"怎么这么迟才回来呀？"阿紫看来有些不高兴了。

"哎呀，有点儿事嘛！刚从阅览室下来。"叮当打开门，温柔地化解阿紫的怒气。

晚上十点，离熄灯的时间还有半小时，住宿的同学三三两两地回到宿舍。这半小时是一天中最热闹的时候，即使是白天最严肃、最文静的同学此刻也疯得像只猴。本来嘛，没有老师的眼睛，没有家长的审视，没有异性的目光，暂时也抛掉了学业和考试，早该"原形毕露"了。于是，打水仗、捉迷藏，年级越高，玩的游戏越"低档"，越"大呼小叫"。"嗯，你怎么淋得像落汤鸡一

样回来呀，没拿伞吗？咦，怎么手又红又肿的，嘻……有问题哦！"叮当这句话可引起了舍友的兴趣。

刺耳的熄灯铃使这一切在五分钟之内归于平静。一丝不苟的老师把耳朵贴近每个宿舍的门缝，楼道里不时传来她们的"咚咚"的敲门声："怎么还说话！这么不自觉！"我们个个屏声静气，整幢宿舍楼一下子沉默起来。二十分钟后，老师巡查完毕，每日的固定节目"卧谈会"就在各个宿舍上演了。熄灯不久，舍友便迫不及待地开始发问，众姐妹逼供开始，阿紫脸上顿时一阵发烧，还好，熄灯了，谁也看不清。"你少无聊啦！手红肿只是刚才在阅览室不小心碰红的，你们不要乱猜……"

"我就知道你会这样说，阿紫，你……"

"铃……铃……"无言，一切回归平静。

"喂，你好！找谁啊？"

"阿紫，你有电话！"

这个电话可真来得及时，终于打断了刚才的话题。

迷迷糊糊，一天就过去了，酷热的天气+烦闷的复习=阿紫快要爆炸了！好不容易等来一个星期天，舍友都忙着啃书，床上、阳台上、走廊、教室都布满了她们的身影，唯独三个怪人把考试不当一回事，阿紫就不用说啦，她是那种天不怕地不怕的人，考试前总会到外面溜达一圈才回来，她的说词是：孔老夫子说过"师将降大任于学生也，必先让其考试，给其0分，请其家长，拆其筋骨，斥其平日所为。让其收心养性，而增加其考试之能。"所以就必须先轻松后紧张，溜也……但奇怪的是，她的成绩却从来不会下跌，总会在10名到15名之间浮动。

寝室还有另外一个"神童"虾米，上课时老睡觉，别人在啃书时她在数钱，成绩却总是数一数二，305有个这样的人也算是一种荣幸！

"阿紫，你觉不觉得我这个月的零用钱花得太多了？昨天，一根雪糕2块，一根棒棒糖5毛，好像也没吃什么呀？咦，还在地上捡了2毛，但是我还有5毛去哪儿了呢？阿紫，有没有在什么地方看见，我记得上午……"

"停！停！停！我知道了，是我捡的，好不？我就知道你的意思，要不这

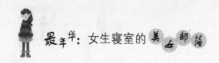

样啰里巴唆的。"

"我就说嘛，这305最聪明的就要数阿紫了，我眨一眼你就明白，过不了多久305不出才女才怪，我……"

"停！停！停……你有完没完，我耳朵都快生茧了，有什么事快说。"

"好，这个，那个……嗯，不是这个，啊，不是那个……因为，所以……完了。"

"虾……米……你给我听好，你在说鬼话，作为舍友、好友、朋友、战友、狐朋狗友，你都应该的确、的的确确、确确实实、实实确确地解释，不要拖延我的时间，浪费我的金钱，1、2、3说，4、5、6快快说。"无可奈何，唉，一个充实且无聊的下午就这样玩完了！……

"咦，一直见你在写东西，又在写词吧？写得怎么样了，让我看看。"晨晨，305宿舍的掌门人、室长、才女，学习成绩名列前茅，不亚于虾米，曾获过全校诗歌比赛一等奖。

"嗯，不错，我可写不出这种文绉绉的东西。"

"啊！别看我的东西！阿紫，快把她赶走，我看我是受不了了，咱们进行一次宿舍大扫除吧！"不会吧？

经过这几场意外的变故，虾米几乎成了过街老鼠，寝室里的火药味也变得特浓郁，无论走到哪都会有被臭骂的可能（小心行事）。

这不，又出事了。阿紫是寝室里出了名的蛀书虫，又特爱护她的书，特别是名著，谁要是动一动她的书，立刻回以白眼相送，别的什么事她都可以跟你开玩笑，但书这回事可别闹着玩。各舍友也熟知她的脾性，都少惹她的书为妙。可那天晚上叮当不知为何竟把阿紫最心爱的名著《钢铁是怎样炼成的》撕烂了。阿紫睡前必做的一件事就是看书，发现了这么一件大事，她能不发火吗？她当即咆哮着问："是谁把我的书撕烂了？"寝室里一片寂静，没人出声。虾米、晨晨大眼瞪小眼，连大气也不敢喘一口。

"有胆做还怕没胆承认吗？"

"是……是我啦，嘻嘻！"宿舍某一角落里发出一声微弱的像猫叫似的声音，是叮当的声音，"对不起，阿紫，我不是有心撕烂的，你就原谅我这

次好吗？"

"哦，原来是你，早就应该承认，我就知道是你。我丑话说在前头，谁要是让我的书有什么三长两短，我可跟她绝交，你是知道的，难道你把我的话当耳边风，你………"

"阿紫，阿紫，你不要轰我了，我赔你好了，行了吗？"

"赔，这能赔吗？ 这是珍藏版，我托人找了几十间书店才买到的，说赔就赔，这么容易，我还当它是宝贝……"一阵咆哮轰炸下来，把虾米和晨晨都轰了出去，谈判没有结果。这时候，"零、零……"又是一阵不及时的铃声响起，响得两个冤家煞是尴尬，究竟谁去接还是个问题。最后还是叮当接了（因为她睡下铺）。"喂，你好，找谁？找你的电话！"

"不要以为我会说谢谢，哼。"阿紫接过话筒，"喂，是谁，是谁也无所谓。今晚本小姐心情特坏，谁也不要惹我，就算是玉皇大帝来叫我，八人大轿来抬我，也休想我消气，有话快说。"

305宿舍八个青春小姑娘尝试了人生旅程中的甜酸苦辣、悲悲喜喜。有人说，青春是一朵花，无论是玫瑰还是月季，最终都是要凋零的；也有人说，青春是一坛酒，越放香味越浓。而我要说，青春是男孩手中的相思扣，青春是女孩脸上的面纱，永远是那么美丽，那么纯真。

让我们用笑容和双手去牵住青春。

细雨飘窗：

　　友谊在理解的前提下存在。理解是一种理性的认识，是满怀宽容的尊重。水乳交融固然很好，但常常不合实际，彼此尊重的友谊是我们所渴望得到的。

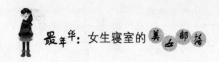

初入宿舍

管 亚，19岁，大学生

学校做生意的女生太多了。不停地有人来上门推销。例如：同学，要不要电话卡？同学，要不要快餐？同学，要不要窗帘？同学，要不要……到最后，忍无可忍的我们在宿舍门口贴了张半片门大小的声明，上面写着：谢绝推销！来者一律乱棍打死。告示一出，立马见效，从此终于还我们一个安静的宿舍。

告别高中烤箱式的生活，来到南方一所大学。从未离家外宿的我心里可没一点儿不安，相反，我好高兴。什么？你问为什么？因为好不容易才脱离家里老爸老妈的严格管制，这下自由了，能不高兴吗？瞧我贼笑得这副模样。

进了宿舍，同寝室的一个老生就来帮忙洗柜子、擦床什么的。我傻傻的，一点儿都没有什么要与人相处好的意识。在我心目中，自己终于能自立是最让人高兴的了。独自在外的第一个晚上我就在呼呼大睡中过去了。

第二天起来，舍友们全都来齐了。大伙儿免不了一番介绍。哇，我的舍友们都很不错哦。看来大学生活真不错耶，没有老妈老爸，还认识一帮新朋友。就是学校面积小了点儿。但，这也没什么。我很乐观地想着。

一到晚上，问题就来了，首先是洗澡。在我的意识里，澡堂就应该是一间间隔间，可这儿的不是，这儿的澡房可是一个大间，大伙儿全在一块儿洗。所以，当我抱着脸盆兴冲冲地打开澡堂门时，被里面的一幕吓着了，啊……

一声尖叫直震九霄。只得面红耳赤，"刷"的一下直冲宿舍。"为什么会是这样"我在宿舍里鬼叫半天。舍友们一听，也都不敢涉足澡堂三公尺以内。（直到半夜，澡堂里没人时，我才和舍友们一个接着一个地进去洗。）

第二件震惊之事。我的床铺是最靠门边的一个。早上刚起来，我正在床上叠衣服，门帘掀起，有人进来了，不经意间抬头，呵，倒抽了一口凉气。只见进来的是个绿脸人，我定定神，原来是对面宿舍的大二女生，她的脸上敷着一层绿色的泥，后来宿舍里的老生说她是在做深海矿泥面膜。不过，突然见到一个绿面人，还真像"变相怪杰"。自此之后，我很不安好心地把那个女生叫"绿毛龟"了。

还有件令人不胜其扰的事就是：学校做生意的女生太多了。不停地有人来上门推销。例如：同学，要不要电话卡？同学，要不要快餐？同学，要不要窗帘？同学，要不要……到最后，忍无可忍的我们在宿舍门口贴了张半片门大小的声明，上面写着：谢绝推销！来者一律乱棍打死。告示一出，立马见效，从此终于还我们一个安静的宿舍。好耶。这才松了一口气来。

天哪，才来大学两三天，怎么发生的事就这么多呢？我不由得想起家来了。起码，家里一切有老妈老爸顶着。夜里，我在梦中回家了。

细雨飘窗：

只要主动去适应生活，生活就充满了乐趣。

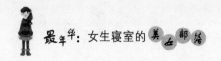

遭遇老鼠

何 莎，20岁，大学生

大概是女生的怯弱助长了老鼠的气焰，随着春天的到来，老鼠的活动更加频繁，而且一改昼伏夜出的生活习惯，甚至达到了旁若无人的地步，就算是寝室里的同学都在，它还是照常出来活动。老鼠不再满足于仅仅咬破蚊帐，而是开始入侵蚊帐里的书籍和食品。女生不得不改掉在蚊帐里吃东西的毛病，纷纷把零食用结实的盒子装好，放进书桌中，或锁进箱子里。就是这样，仍然躲不过老鼠敏锐的嗅觉和锋利的牙齿。

老鼠过街，人人喊打，这句话用在我们大学女生宿舍楼是非常不合适的，在女生楼七栋，只听见和看到过女生被老鼠吓得尖叫，四处逃窜的场景，从来都没听说过，有哪位女生勇敢地站出来打老鼠。不知是什么原因，在全校唯一的女生楼七栋里，老鼠的数量和个头都要比其他男生宿舍的多且壮，是因为女生天生胆小，老鼠有恃无恐，还是女生爱吃零食，楼里的食粮要比别处多，来得容易？

大一进校，我们寝室所在的三楼，都是新生宿舍。刚刚经过上届毕业生"翻天覆地"的洗礼和学校暑期的整修，老鼠被迫暂时迁离了三楼。随着我们渐渐适应了大学集体生活，老鼠也开始悄悄地潜回原来的家园。

女生楼七栋盖起来已经有一定的年头了，虽然外表看上去不算陈旧，但里面的木质地板和墙壁都有着多处破损。学校一直没有彻底地翻修过，只是定期把那些实在坏得不行的墙壁地板修补修补。这就给老鼠打洞、做窝带来许多方便。

于是，我们平时常常会听到走廊上或者水房里突然传来一声无与伦比的尖叫

"啊"，接下来就是"咣当"一声，然后是"嗵嗵嗵"的奔跑声。没错，准是又遭遇老鼠了。那"咣当"声，不是扔了脸盆，就是摔了饭盒。

我因为在广播站工作的缘故，另外有住处，在学校办公大楼的一间宿舍里，和中文系的一个女孩住在一起。不过，原来的寝室里依然留有自己的床位，偶尔特别是在周末的时候会在寝室住。所以，对于班上的女生形容老鼠的猖獗和可怕，还没有什么亲身的感受。

然而，好友阿美、毛谂以及寝室里的其他同学可就没我那么幸运了，她们半夜里常被老鼠吱吱的怪叫声及撞翻架子上的饭碗、杯子的声音惊醒，但谁都不敢起来看，只能屏住呼吸，祈祷老鼠千万别钻进书桌，别咬破蚊帐。

可恶的老鼠似乎专与我们作对，寝室所有人的蚊帐几乎都被它们咬破过（可能因为我的床铺少人住，所以我的蚊帐得以较好地保存），书桌很结实，还能抵挡住老鼠尖锐的牙齿，不过日子久了，也是岌岌可危。

寝室里，素素来自边远的农村，家境贫寒。带到学校的蚊帐本来就很旧了，老鼠却特别喜欢咬她的蚊帐，素素不得不备有一块纱布，时不时地用来缝补蚊帐。

大概是女生的怯弱助长了老鼠的气焰，随着春天的到来，老鼠的活动更加频繁，而且一改昼伏夜出的生活习惯，甚至达到了旁若无人的地步，就算是寝室里的同学都在，它还是照常出来活动。老鼠不再满足于仅仅咬破蚊帐，而是开始入侵蚊帐里的书籍和食品。女生不得不改掉在蚊帐里吃东西的毛病，纷纷把零食用结实的盒子装好，放进书桌中，或锁进箱子里。就是这样，仍然躲不过老鼠敏锐的嗅觉和锋利的牙齿。

一个周末的晚上，我和阿美在寝室里看小说。周末的女生楼，晚间六点至七点是最热闹的，楼门口就像一个集市，人头攒动。而一过七点，便会慢慢安静下来。七栋里数百个寝室，大多数是空荡荡的，颇有"人去楼空"的感觉。这个晚上也不例外，对面寝室的女生全出去跳舞了。我们宿舍的人，一部分去教室刻苦，一部分被老乡朋友约走。只有我和阿美守在屋里。我们俩在看毛谂白天带来的一套十几本的浪漫经典爱情小说。阿美照例开着台灯躺在床上看书，并且垂下蚊帐，开着录音机听着港台歌曲。我坐在自己的书桌前，聚精会

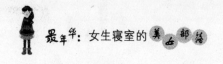

神地读着小说。

周围很安静，只有录音机中传出的咿咿呀呀婉转的低唱。不一会儿，磁带到了头，阿美的蚊帐里全无声息，不知她睡着了还是在看小说。精彩的内容、浪漫的故事让我读着读着，渐入佳境，完全沉浸在书里描绘的情节里。

恍然有一个东西碰了一下我的脚，我没在意。

过了一会儿，又一个东西从我的脚上迅速地跑过，"是什么？"我的眼光匆匆离开书本朝桌下看了一眼，好像什么也没有。

又过了一会儿，又有东西从我的脚上走过，这次没有那么快，迟疑了一下，我感觉到了，我从穿着拖鞋的光脚背上感觉到了一种恐怖的冰凉。"哇……什么东西？！"眼光上下左右搜寻了一番，啊！看到了，在前方的书桌下，有一只大老鼠，同时，它也觉察到我发现了它，可它一点儿逃跑的意思也没有，继续在桌子下面踱着步。我愣了三秒钟，一种可怕的结论出现在我的大脑，天呐！刚才踩过我的脚的东西，就是这只丑陋的大个灰黑老鼠。就在清醒过来的瞬间，呀……我发出了一声惨叫，噌地跳上了椅子，（平时体育课跳高都没这会儿跳得好）再跳，上了桌子，一个大跨步，蹦到了上铺自己的床上。这时，阿美从蚊帐里探出头来问："怎么了？"

"有老鼠，它刚才踩了我的脚！"

"啊？！"阿美立刻把头收回到蚊帐里，接下来，我们俩一起乒乒乓乓地拍打床铺，压实蚊帐。我发现看了一半的小说被我忘在桌上，算了，不看了。刚才的惊悸让我说什么这个晚上都不会再钻出蚊帐了。

雨季的来临，让许许多多的东西发了霉，病菌格外地活跃起来。老鼠肆无忌惮地活动，对年少的我们来说是一个极大的威胁，这也迫使校方痛下决心，对女生楼的老鼠进行大规模的捕杀。先是布下毒药，然后是彻底整修每间寝室的墙壁和地板。一个多月的整治，女生楼里清净了很多。墙上不再有老鼠出入的洞口，走在地板上，也不再有空空的感觉。老鼠对全体女生的困扰总算告一段落，但是，曾经受到过的惊吓永远都不会过去，因为至今，我最害怕的动物中，老鼠仍居首位。

细雨飘窗：

春天是自然界一年中的新生季节，而人生的新生季节，就是一生只有一度的青春。

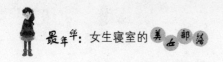

室友麦子

傅 南，20岁，大学生

我记得，我们第一次见面，印象最深的是她颇似田震的声音和挺厚的嘴唇，我对她的第一印象就是：这个女孩很不像平常的女生，她会跟他爸妈发脾气（因为她想自己搬东西），穿着淡黄色的碎花睡衣，和我们宿舍有好几双相同款式的夹板拖鞋，抱着一堆东西就进了我们的宿舍。开始了奇妙的生活。

我承认，麦子是一个很好的女孩，她很可爱、很有味道，至少我有些嫉妒，也有一些欣慰，因为她对我真的不错。喜欢她就像是一个妹妹，刚认识时，我们就很友好，很讨大家喜欢，她很坦白（"直白"更合适些），脾气也和我很对。

我记得，我们第一次见面，印象最深的是她颇似田震的声音和挺厚的嘴唇，我对她的第一印象就是：这个女孩很不像平常的女生，她会跟他爸妈发脾气（因为她想自己搬东西），穿着淡黄色的碎花睡衣、和我们宿舍有好几双相同款式的夹板拖鞋，抱着一堆东西就进了我们的宿舍。开始了奇妙的生活。

军训时，对她的印象不是很好，她猫一样的眼睛，还有黄头绳和双星白球鞋（军训结束还不舍得扔），长得很运动的小腿，还有叫队、带队，每天早上都起很早戴隐形眼镜，这些点点滴滴都在我的脑海中组成了她。还有我对她说的第一句话："同学，你不站这，这是个扎黄头绳的女孩站的地方。"她扭头给我看她的黄头绳，有点儿嗲的眼神，好像个小孩子，还有嘻嘻的笑脸。

到后来喜欢她是因为她用方言说了句："我这人无所谓，跟我说话随便一

点儿都行。"我才发觉我们的性格很相似，有一种知己的感觉泛在心头。她说她报名的时候见过我，还清楚地记得我手上的这块表，可那时，我没记住她。麦子每天上操起得很早，我通常要等到她洗漱完毕，才肯起床。

开始大家都会老实地吃馒头夹菜。过不久去食堂便大骂饭菜不好，然后就去校外吃点儿其他早餐，以致到最后拒绝进食堂。我们慢慢学会了"吃"，也知道彼此吃东西的习惯。麦子吃凉皮不放蒜，还不吃茄子，我不吃糖醋里脊，每餐一定要有素菜……从北门口二府庄的凉皮吃到粉巷的麻辣烫。火锅、炒菜、小吃街、二楼食堂，所付的钱足够让老板数好一阵子了。攒点儿饮料瓶子卖钱准备当舍费，却经常会去买成瓜子零食放在宿舍，星期天晚上回来copy作业的时候吃。麦子的爸爸有车，会顺便捎我到家门口。开始我们经常带吃的往学校，在车上，我们交换吃的。我也从不吃零食走到了另一极端。都说男生宿舍聊女生，女生宿舍聊男生。可是啊，在我们宿舍食物才是唯一能引起大家共鸣的东西。

麦子有一段时间不是很开心，我这人不会讲安慰人的话，也就没有帮到什么忙。后来看着她一天天开心起来，也就无所谓了。人都有感情低潮期嘛！

是谁说过"人以类聚"，可是这句话真的好难理解。我觉得在不同的时候，身边的人感觉也不尽相同，八个人组合了好多遍。开始，麦子喜欢和胖胖，我喜欢和小辉在一起，老大和舍长……后来慢慢的，麦子、我和胖胖喜欢在一起逃课一起吃饭，很开心，过得很舒服惬意。

卧谈会上，我们一起讨论暑假旅游，到哪里哪里，胖胖兴奋地讨论这些……最后我们去了上海，很兴奋，很自由，自由得无所事事，没了计划（我也超出平常地想念爸妈），有的只是一张地图和几张漠然的脸。她们在住的地方，天天呼呼睡觉，我和曹开始了旅游该做的事情。用两字形容：好闷。

每个宿舍都会丢东西，因为有人顺手呗，丢手表、丢随身听、丢现金。我们也丢，丢"红中"，不知什么时候，我们发现麻将居然丢了一颗。说来真不好意思，其实都不想打牌（打也是打卫生的），只是闲来无聊，打着才能感觉自己的与众不同。

麦子也喜欢上了周杰伦，会指着说"看，周杰伦"。麦子爸爸说周杰伦唱得不错，很像台湾寺庙里念的经，200块钱一盘磁带，便宜点儿还可以将就听，可人家不能砍价，真应该夸夸叔叔的幽默感。

我很喜欢回家，麦子也是。她家离我家不远，每次回去，几乎都一起走。还有几次是步行，路程只能说是很远很远，在路上聊了很多，然后我们一起上学、迟到……

细雨飘窗：

真的很感激你，与你同行的日子，你给了我很多很多。当我迷惘、忧郁时，是你热情的双手和真诚的眼睛牵引着我，让我走出雨季；而当我成功、欢呼时，你却在一旁默默地为我祝福。

有女如斯

王平娅，19岁，大学生

我们平静地上课、下课、走神，如往常。我们豪迈，面对食堂；我们坚强，面对考卷；我们放纵，面对室友；我们平静，面对众人；我们渺小，面对这个大千世界。

我们住309，地理位置绝对优越。清晨两边窗户一拉开，略带寒意的过堂风便会撩动每一个赖床姐妹的心，起床速度立刻上来。我们常常像猫一样趴在窗边啃着苹果，和对面食堂吃饱喝足抹着满嘴油来刷饭缸的同仁们微笑示意，其实，那边的人是男是女我们都看不清。

我们宿舍共有来自东西南北的六姐妹。老大是最有威信的，每次下令，我们都不敢多说什么，立马捧着饭缸一路小跑去水房刷，然后再笑嘻嘻地蹭到她旁边和她称姐道妹。最让姐妹们羡慕的是老大的一瀑长发，举手投足之间便有十足的女人味儿。我于是一边偷偷地拼命蓄长发一边怂恿她说长头发不够精神还是剪短了的好。没想到她真的一剪子剪了，还语重心长地搂着我的肩说："我也不知道为什么这么信任你，我妈劝我多少回，我都没动心。"好在她的新形象得到了大家的认可，不然，我会把我所有的头发剃了还她。

老大前几天得了种怪病，类似于《过把瘾》里方言的那种什么肌无力，腿总没劲儿。这下可好，二十多岁的大姑娘，走哪儿摔哪儿，而且还是无声无息地一点儿前兆都没有。最可怕的是她总是不合时宜地摔在自己偶像面前，那男生有了经验后就不再提醒她，而是用那种哭笑不得的表情注视着老大，直到她消失为止。后来我建议走哪儿都弄根绳儿牵着她，因为她每天回来都是青一块紫一块的。我好心挤过去要给她免费按摩却被制止了，她说："你这种……"

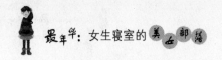

老二跟我最铁了。我还清晰地记得第一次见到她时，她正坐在寝室的凳子上，冲我傻笑，两只眼睛眯成一条缝儿，叫人根本分辨不出那是条什么形状的鱼。她的笑容在脸上僵持了半分钟，后来我笑得嘴都歪了，她还意犹未尽地灿烂如花。当时，我心里就想，这丫头有病吧？那是我有幸见过的最生动的一张脸，再硬的心也会被那样的笑脸感化。老二个子很高，入学时体重也够，看上去很有力气的样子，发教科书时，我们就派她去挤。她笑嘻嘻地挤在后面冲这个笑笑冲那个笑笑，谁也没有给她让道儿的意思，她就用力挤。刚开始是她挤别人，后来则是别人挤她。等到把书运出来时，那可怜相就别提了。现在想想，我都想请她吃一顿KFC作为补偿。

老三的阴历生日和我一样，我便格外地留意她，期望她可以给我带来好运，但她实在是"害"我不浅。我们都睡上铺，她每次上来铺床换衣服，总是地动山摇，晃得我脑袋壳子都疼。再就是半夜里，她是磨牙加打呼噜加踹被，每晚睡觉比打"二战"还累，早上起来，她还总是筋疲力尽很委屈的样子，我就什么也说不出口了。我录下过她的呼噜，比鱼吐泡还动听，她并不生气，再三要求重放。有天夜里呼噜变了调儿，像tatanic的笛声，我实在辗转难眠，就把大枕头举过头顶"梆梆梆"砸她，抓住她的头发拼命拽，把报纸杂志撒过去压她，结果是我气喘吁吁地惊醒了下铺。早上醒来问她："头皮疼不？""头皮？"她伸手摸摸，"不疼啊。"她最让我欣赏的就是对一切无论新鲜还是不新鲜的事物都有一份好奇心，不像我，不爱看的东西逼着我看，就是站着，我也能睡过去。

老四最大的特长就是搭讪，甭管你们热火朝天忘乎所以地谈什么，她"当啷"一句插进来保管你乖乖地把刚才谈的全忘掉，再想记起来都费劲。她的第二个特长是装听不见，如果不想理你，你喊列宁也没用。不过，她的确是个很好的人，不辞辛劳地为懒虫们打早饭，有一阵，我感冒加咳嗽，几乎要死掉，她不知打哪儿弄来瓶急支糖浆，早中晚看着我喝。我见识短，没喝过中药，可把我苦的。那阵子每天躲她，成了我除减肥外最头疼的事。寒假回来的时候，整栋宿舍楼只有我俩，外面风硬硬的，雪纷纷的，两个人点着蜡烛坐在窗台上唱着老歌《光阴的故事》《让世界多一颗心》，我甚至还想起了一首《牧野情

歌》，那些逝去了的岁月，也许只有凭借这些熟悉的旋律才能捎回些往日的气息，无论是花丛还是蒺藜，过去了的，总让我染上莫名的相思。

老五睡我下铺。由于寝室的特殊构造，我们的床和墙之间有一道大裂谷。夜里我的录音机、课本、苹果、枕头什么的会不打招呼地给她捎去我的祝福。早上，她就晃晃悠悠地站在我面前讲："白菜，昨晚你什么东西掉下来了？砸——死——我——了。"后几个音拉得动听极了，还用大眼睛狠狠地瞪我。我就扬着满是泪花的笑脸提着脸盆直奔水房，一想到夜阑人静之时，我那个一直都舍不得吃的大苹果一下砸到她的大板牙上，她一个猛子跃起，哈哈哈……老五是最响应校领导的号召，最衷心拥护团组织，最恪守作息时间表，最乐此不疲地揣摩政治老师裹脚布一样冗长的板书，最无视自然条件恶劣，每周城南城北地挤车回家睡一觉的，最中国的女孩。每回宿舍里出现一条爆炸性新闻，姐妹们闹成一锅粥时，她多数都是带着蒙娜丽莎般迷人的微笑看着我们。问她时就"哎呀，这……那算了吧"。现如今这么一步一个脚印的女孩着实不多，感谢老五的父母。

我就是老六喽，现在正与你们唠嗑儿。记得那天，我一屁股坐在309的桌子上大声地问她们"我柔弱不"时，宿舍里的人全部停下手里的活计，似水的眼睛送来的秋波好玄，差点儿没把我淹死。想想也是，柔弱这词也就有感慨的时候偷偷想的份了，下辈子也许会转世成林黛玉吧。用姐妹们的话说，我这种女人，能徒手掰开一个苹果，能一脚把梨踢成四份，哪来的柔弱？有一天，我发现室内耗子们正在乐此不疲地把老二扔出去的塑料台布扯回来下崽。这下子，我火了，一脚踩住台布的这头，妈呀！这些小畜生居然不紧不慢地从门前经过，它们怎么敢对我没有畏惧感：听说在洞口左边放盆凉水，右边放盆热水，耗子不死也得感冒，她们一致同意我今晚试试。

中午下了雨，我发现天空在哭，落得地上都是泪，每一个人踩着泪，泪斑也印进了屋内。黄昏时分抱着枕头静静地坐在角落里，暮色像灰沉沉的流水漫进屋内，窗外广播站放着用电子琴和萨克斯演奏的乐曲温柔得叫人想就这样死去。下了晚自修，回了宿舍，就不约而同地凑到桌边胡侃，瓜子壳胜过冬天任何一场瑞雪。熄了灯躺在床上，每个人高歌一曲表达新时期少女对美好生活的

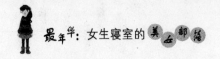
热爱之后，六个人排着队喊着号子走进厕所，明天一睁眼又是崭新的一天。

我们只是六个平凡的女孩罢了，平凡就像泥土，并不意味着荒凉。激昂的未必是山，平缓的未必不是江。这平凡生活中简单的幸福有着稍纵即逝的惊人的美。

我们平静地上课、下课、走神，如往常。我们豪迈，面对食堂；我们坚强，面对考卷；我们放纵，面对室友；我们平静，面对众人；我们渺小，面对这个大千世界。

有女如斯。

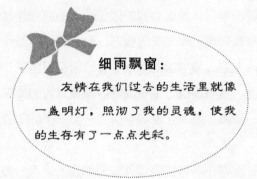

细雨飘窗：

友情在我们过去的生活里就像一盏明灯，照沏了我的灵魂，使我的生存有了一点点光彩。

风 儿

何 林，19岁，大学生

风儿默默走到床前，慢慢躺了下来："原来是他啊，他也真是的，有什么事值得一晚上打八个电话吗？其实，我和他仅仅是认识而已，或许我们还是一对陌生人。他是不是有毛病啊？他会不会对我有意思啊？"当风儿想到这里，她再也不敢想了。还是到明天找到他再说吧！或许他真的找我有事。

风儿想着想着，就睡着了。窗外一片秋虫的低吟，仿佛是在对风儿诉说着事情的原委。

终于到夜晚十一点多，经历了种种热闹的校园平静了。四处响起了秋虫低吟的声音。忙了整整一天的风儿回到了寝室，七个室友已经早早地躺在床上。有的看小说，有的听广播。书中的情节和广播中的主人公的经历早使她们感动得差点儿要淌眼泪，当风儿回来时，她们都没发觉，风儿什么也没说，只是慢慢地洗着。

风儿是一个非凡的女孩子，同龄人都在大学拼命玩耍时，她却在苦苦读书，以求有一个美好的前程，她在我们寝室是长得最漂亮的，为人也最令人称赞。当她出现在路上时，准有百分之百的回头率，男的是爱美，女的呢，当然是嫉妒了。早在她高中时，天天都会有一些烦事，不是哪个男生写情书给她，就是哪个女生在路上骂风儿迷了她的男朋友，每当这时，风儿很烦，心想那一群人真无聊。

风儿一不小心，被寝室的板凳绊到了。这一下把全寝室的人都弄"醒"了。

"啊哈，风儿回来了！"

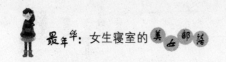

"风儿，你终于回来了，我告诉你一个好消息，今天晚上有一个男生打了八次电话给你。"

"风儿，你什么时候找到男朋友了？怎么也不叫我们姐妹几个帮你参考一下啊！"

"风儿，那个男生帅不帅啊？"

风儿听着听着，她气得一句话也说不出来，最后她叫了起来："你们什么也别说了，我好烦。"

听到这一句话，寝室的女生都不说了，她们都知道风儿的脾气。

过了好一会儿，风儿才走到一个室友的床边，轻轻对她说："你知道他是谁吗？"

"哦，他说他是计科的，他叫你打电话给他。"

"哦，谢谢你！"

风儿默默走到床前，慢慢躺了下来："原来是他啊，他也真是的，有什么事值得一晚上打八个电话吗？其实，我和他仅仅是认识而已，或许我们还是一对陌生人。他是不是有毛病啊？他会不会对我有意思啊？"当风儿想到这里，她再也不敢想了。还是到明天找到他再说吧！或许他真的找我有事。

风儿想着想着，就睡着了。窗外一片秋虫的低吟，仿佛是在对风儿诉说着事情的原委。

细雨飘窗：
　　青春是这样的孤独，却充满着惬意，富有诗情。

床头的方便面

张银川，19岁，中专生

窗开着，吹进凉凉的风，带着香味。熟悉的方便面的香味。

方便面？是的，方便面！就在我的床头！

"谢谢！"不知道除了这两个字我还能说什么。

方便面有点儿辣。我最爱吃辣的了，再辣也辣不出眼泪。可是现在，我眼睛里流动的是什么？

为排练节目忙碌了一天，晚上回到寝室。寝室里有柔和的灯光，清爽的味道。洗完衣服，进寝室拿衣架。刚进门，只见篮子用头撞玻璃窗，站在篮子身旁的王空忙背过身去。奇怪！来到衣橱前，打开橱门，玲子蹲在里头，手里拿着她的拖鞋。奇怪！我说你在我橱里干吗？玲子说恩！一点儿也不好玩！你怎么也不合作！不吓一跳也给我笑一个嘛！像个寡妇一样！我说我今天反应迟钝。篮子说我最无辜了，怕笑出来被你发现，就把头往窗外伸，谁把窗擦得这么干净，害我没看见！我说都是我不好。

王空说你怎么啦？我说没什么。

熄灯了。很静，听得到狗吠声，门卫叔叔白天会牵着它遛校园。我的肚子不争气，与狗儿遥相呼应。

"晚饭的时候没见着你。"篮子的声音。

"去买彩球了，表演要用的。"

"你没吃饭？"玲子。

"嗯。"

"我有饼干。"篮子。

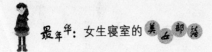
"饼干吃不饱的。我有方便面。"王空。

"算了，都上床了。"

"不行，不行，到半夜会肚子痛的。这是经验之谈！"王空。

"对，明天你还要帮我们排练呢。"篮子。

"算了，不高兴下去。虎姑婆（宿管老师）大概还在那。"

说到排练，我叹口气，发起呆来……

窗开着，吹进凉凉的风，带着香味。熟悉的方便面的香味。

方便面？是的，方便面！就在我的床头！

"谢谢！"不知道除了这两个字我还能说什么。

方便面有点儿辣。我最爱吃辣的了，再辣也辣不出眼泪。可是现在，我眼睛里流动的是什么？

噢，大概今天的方便面特别……

细雨飘窗：

友谊是两颗心真诚相待，而不是一颗心对另一颗心的敲打。

楼上楼下

王 芳，15岁，初 三

好一会儿，篮子终于下来了，我们静静地等它下去，又上来，当它再一次来到我们窗前的时候，眼疾手快的小芳轻轻地拿起了篮中的卡片：对不起，真的对不起，我们昨天下午真的是有事，今天下午，我们保证陪你们去溜冰，一定不反悔，老规矩。署名居然是——我们寝室八位女生的名字。

在初中时，我就住校，我们女生住在3楼，男生嘛，就住在我们的楼上和楼下：4楼和2楼。那时，我们男生和女生之间天天有笑话和开心事，记得在初三下学期，我们寝室之间发生了一件特别有趣的事情。

那是一个中午，女生都在寝室里温习功课，这时一只篮子在我们寝室窗前晃了晃又下去了，我知道，这一定是4楼的男生向2楼的男生借东西了，什么尺子、橡皮、字典之类的，这个篮子是我们寝室之间的"友谊"工具之一，既新潮又方便。

过了一会儿篮子上来了，咦！奇怪，这次怎么都变成了方便面、火腿肠、瓜子之类的，这时大嗓门阿丽说："哟，还真没看出来，我们班的男同胞也个个是'好吃'大王，唉！没得救，没得救。"

"唉，不是吗？男同胞其实比我们还好吃，别看平时温文尔雅的，其实也是'好看不中用'。"阿丽和阿红的对话把我们大家逗得哈哈大笑。

说着，我们一起来到了教室，一进教室阿丽就扯开嗓门说："哟，真没想到我们班的男同胞还真积极，真是难得。"果真男同学一个不少地都到了，不知为什么整整一个下午男同学都怪怪的，下午放学了，小芳睁大好奇的眼睛说："今天下午真奇怪，我们班男生都怎么了？"阿丽抢着说："鬼知道，他们哪根筋不对啊！"

有一天中午，我们依旧在寝室里复习功课，没一会儿那个篮子又下来了，而且又是载了一篮子好吃的，我们大家都觉得奇怪，这时阿丽又说："唉，没法，如此好吃者，真是孺子不可教也，不可教也。"我们在欢笑中拿起了书本来到教室。

下午，教室里更是谜团滚滚，2楼的亮和磊有好几次像有话对我们说，可是每次话到嘴边又低着头走了，可是4楼的枫和超看到这个情景时却在偷偷地笑，他俩是我班有名的捣蛋鬼，一天到晚尽搞些恶作剧，可是看见我们眼睛对他俩一瞪，又做出一副莫名其妙的样子，然后鼠头鼠脑地走了，这时机灵的小芳说："有问题，过来。"这时我们几个人商量着……

第二天中午，我们早早地来到寝室，不是温习功课，而是守候在窗前等篮子。好一会儿，篮子终于下来了，我们静静地等它下去，又上来，当它再一次来到我们窗前的时候，眼疾手快的小芳轻轻地拿起了篮中的卡片：对不起，真的对不起，我们昨天下午真的是有事，今天下午，我们保证陪你们去溜冰，一定不反悔，老规矩。署名居然是——我们寝室八位女生的名字。

什么？真是气得我们要跳楼，怪不得亮和磊有话要说，而枫和超却在一旁偷偷地笑，原来……

这时，我们八个人一起到楼上，用脚把门给踢"飞"开了，看见枫和超正在分享"美食"，嘴里还说什么："他们真笨，真笨。"看见我们来了，先是一惊，然后又假装笑脸相迎。"You，过来！"他俩只好乖乖地走过来，红拿出卡片说："这是什么？"顿时，他俩就傻眼了，说："对不起，对不起。"边说还边退，准备开溜，可是门口已有人"把守"，阿丽说："看你们往哪儿溜。"

这时，我们八个人把他俩"绑"到2楼，把事情经过说给亮和磊听，他俩听了像个小姑娘一样红着脸，而超和枫却哈哈大笑起来，阿丽说："你俩还敢笑，看姑奶奶怎么收拾你们。"

"好，好，我们不笑，求求大小姐饶命啊，我们下次再也不敢了，不，不，不，没有下次了。"这时，我们大家都哈哈大笑起来。

细雨飘窗：

那些快乐的日子飞快地溜走，
留给我们的只有一路的芬芳。

打个电话报平安

奚 研，17岁，中专生

四周出奇得安静。有人仰了仰头，有人伸向门外像寻找什么似的，手不经意间从眼前拂过，更有人任凭洪水决堤了，时间分秒地过去，但在这不足十平方米的房子里，它却像是凝固了一般。我呷了一口茶，打破了这种沉默："去打吧。"我顿了顿："报个平安！"

又是一个星期天，许多家长大包小包地从四面八方涌到了不是很宽敞的宿舍楼。

小乐和静特别兴奋，那当然是因为有家长来看望的缘故啦。本不是很爱干净的小乐居然不亦乐乎地收拾起了床铺，静以前很贪睡，一般在星期天是不到八点不睁眼，不到九点不起床的，今天破例起了个大早，挥起扫帚把宿舍扫得干干净净。不一会儿，家长先后来了，两个人像脱疆的小野马，牵着家长的手，一蹦一跳，撒欢去了。

这可把宿舍里的其他女生看红了眼。玲子竟吧嗒吧嗒地掉起了眼泪。"我也好想好想我妈哦！"她一边抹泪一边哽咽着。

"走，打电话去，让我妈也来！""对，走……"不知是谁发出的号召，立刻引起了轰动。

"喂！"我打住她们，"想听故事的就坐下来听我讲。"这一招果然有效，她们安静地围坐在我的床边，等着我的故事。可讲些什么好呢？我暗想——

有一个在校住宿的女孩，生平第一次离开家门，有无数次，女孩想打一个电话就能让母亲飞到自己身边。可是，路那么远，女孩怎么忍心让母亲飞得那

么累呢？于是每逢经过电话亭时，女孩总是低着头，绕道而行。

有一天，女孩突然胃疼。就像是无数条小虫在里头钻啊钻啊，女孩的额头上渗出豆大的汗珠。女孩捂着胃部，在床上呻吟着。

舍友们个个神情专注，仿佛疼的人此时就躺在她们面前。"后来呢？"有人忍不住问。

后来，女孩给家里打了电话，母亲一听女儿生病就心急如焚了，忙问用不用去医院。女孩把头摇得跟拨浪鼓似的，说一点儿小病，不需要了。母亲听是小病，心顿时踏实了不少，让女儿有事就打电话，女孩"噢"了一声就把电话挂了。

"那晚上她打了电话没有？"一个急性子的舍友追问。"嘘！"其他人示意她不要讲话。

后来，女孩的胃疼得更厉害了，在床上直翻，连声音都叫不出来了。女孩的舍友不忍心，便跑去电话亭拨通了女孩家的电话。"嘟……"只一声，电话那头便传来了母亲急切的追问声。舍友刚准备说话，却被女孩一把夺去话筒："妈，我没事。""真的？""真的，嘻嘻，你看，全好了。"母亲又听到了女儿俏皮的声音，安心地放下了话筒。舍友眼睛湿湿的，说了声："何苦呢？"女孩低头看了看手表，已是九时三刻。她安静地笑了笑，说："你不会懂的。"说完在舍友的搀扶下一步一步向宿舍走去。一路上，女孩也曾想到母亲坐在自己的身旁，递上新鲜的水果，泡上浓浓的热茶。女孩又想到母亲放下话筒就匆匆披上大衣，转身钻进刺骨的寒风里，她使劲地敲了敲脑门。

"噢！"玲子似乎恍然大悟，我瞪了她一眼。岂料我那不争气的胃又开始折腾了，我一下子栽倒在床头，这时，舍友们都知道故事的女主角是谁了。她们开始手忙脚乱地为我倒水，拿药。

"还打电话吗？"我苦苦地笑着。

四周出奇得安静。有人仰了仰头，有人伸向门外像寻找什么似的，手不经意间从眼前拂过，更有人任凭洪水决堤了，时间分秒地过去，但在这不足十平方米的房子里，它却像是凝固了一般。我呷了一口茶，打破了这种沉默："去打吧。"我顿了顿："报个平安！"

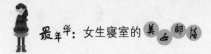

于是，她们又一窝蜂地冲出去了，冲向那常常人满为患的电话亭。而我，静静地躺在床上，幻想着母亲酣然入梦的睡脸，那一定很美，很美。

细雨飘窗：

如果我们懂得让所爱的人尽量减少担心和烦恼，尽量获取我们所能带给他们最大限度的快乐，那么我们的爱是彻底的、刻骨铭心的，也是日趋成熟的。

快乐大本营

高 舞，16岁，初 三

"啊，都快10：00了，马上就要关灯了。"我边洗脸边说。突然灯熄了，都怪我那可恶的嘴巴，因好吃，下晚自习直奔商业楼想慰问慰问嘴巴。沒想到我的同行居然这么多，好不容易才买到东西，用了整整20分钟。

寝室是我家，我爱我的家。家中趣事多，我们都快乐。

一、厕所危机

"死猪头，蹲这么长时间还没蹲完。干吗这么卖劲呀？施肥的是学校的大白菜，又不是你家的菜园，不用做无偿服务啦！"一听准是"北极熊"在大喊大叫。谁叫她吃得多，拉得也多，还弄出个什么新陈代谢。说谢，肚子就抗议啰。"拜托了，北极熊美眉（让她臭美），让敝人先解小便，你再大便吧！小便的时间短一些。"她才不管我这么多的理论呢？（要看什么时候）"去去去，先到先蹲，后到后蹲，靠边站。"实在no idea，只好向姐妹寝室求救啦！提着裤子来到隔壁一看，哇噻，吓了一跳。还好心脏坚贞职守，不然非得弄出个心脏病来不可，那可惨大啦！你猜怎么啦？原来102寝室也存在厕所危机。新的一天吧！俗话说得好："一天之际在于晨。"肚子也得在早晨起来的时候轻松轻松，运动运动。

新的一天就这样开始啦！

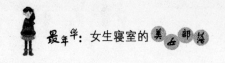

二、装扮忘形

俗话说得好"爱美之心，人皆有之"，更何况对于我们这群新时代的女生，那更不用说了。每天早晨的必修课，当然是打扮啦！不管怎么样，即便床铺没整理，也要把自己打扮得漂漂亮亮的，即便挨"头儿"的批评，也要为自己留下光彩照人的形象。你瞧，这不来了：倩儿一边擦着香，一边大喊："小芸，还差10分钟了，弄快点儿，要不'头儿'该施口训（批评）了。"小芸正拿着镜子照着呢："哦，My god！我的脸上怎么有这么多的痘痘呢？难看死了，倩儿你快过来看看。""还看什么呀！没什么痘儿，你眼睛看花了（是为了糊弄她的）快走吧！'头儿'在操场等着呢！""怎么会看错，明明是痘儿嘛？"小芸还在那里自言自语道。快马加鞭地奔上去抓着她的手，就往外冲。刚冲出寝室，倩儿突然觉得寒风刺骨。小芸一看大笑："笨猪猪儿，你的外套还没穿呢！""哦，我被该死的打扮给忙晕了。"于是抓起外套，向操场狂奔而去。

三、意外收获

"啊，都快10：00了，马上就要关灯了。"我边洗脸边说。突然灯熄了，都怪我那可恶的嘴巴，因好吃，下晚自习直奔商业楼想慰劳慰劳嘴巴。没想到我的同行居然这么多，好不容易才买到东西，用了整整20分钟。"楼上的大姐们。可千万别泼水啊！在晚上会吓死人的。"（郑重声明：吓死人也犯罪）因为楼上的女生动不动就向下面泼她们的"香水"（洗香港脚的水），脏死啦！我刚刚洗的澡，所以不想再洗澡，等俺刚走到卫生间门口，"哗啦"一声，不知哪位死鬼往下泼了一盆水，正好被我这位倒霉蛋撞了个正着，于是我就成了一个落汤鸡。火不打一处发，大骂："死猪头，不要你多为本小姐洗澡，我可没小费给哦！瞎了眼的死猪猪，你头是不是太小了点儿，要不要本姑娘发发慈悲为你整容整容。"（不知哪里骂出了这么多的脏话，可能今天嘴巴吃饱了吧）刚骂完，"啪"的一声，一个无名物，掉到了本小姐的面前，一看一个脸盆。准是刚才被本小姐"三寸不烂之舌"骂下来的，正好作个纪念。

四、难眠之夜

因本人属于那种既怕冷又怕热的类型（胖子），又因为本人第一次住校又是在冬天，所以极其不愿意一个人睡觉。于是等"北极熊"刚进洗手间连忙蹿到她的床上，用被子盖住自己，等待她的光临。"啊，什么东西？""北极熊"大吼一声，因她的身体实在是太重了，全身的力量都聚集在本人可怜的手上，"是可忍，孰不可忍"，掀开被子"死北极熊，我的手都快成煎饼了"。于是，她对我抛来一个足以让我烤焦的媚眼，因为电流实在太高了。以飞快的速度钻进被窝里。"你怎么在我的床上？""北极熊美眉，我知道你温柔，善良美丽。所以慕名想与你共度'一夜情'，何如？"（说这些话的时候，俺浑身汗毛直竖，鸡皮疙瘩掉了一地）It's very good！接下来的事，你们可能猜不到吧！告诉你们吧！原来她是一个"变态狂"，我可是百分百的纯情少女哦！你瞧：她一上床就把她的蹄子放在我的身上，用她的"爪子"拥着我。还说什么让人发麻的鸟语："我好爱你哟，让我抱抱，come on baby！"（连广告词都盗用，肉麻程度100%）"哦，我感到要呕！"于是，一个难眠之夜开始了。

快乐大本营快乐多。朋友们，咱101寝室怎么样。俺感觉very good，What about you？

细雨飘窗：

快乐是幸福生活开始的目的和标记。

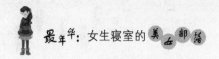

美女寝室

张 园, 17岁, 中专生

　　瞧, 她们穿着健妮健瘦鞋走到东走到西, 或是七上八下地仰卧起坐, 我头就犯晕, 脑缺氧了, 全身90%的血液都聚集在胃上, 只好在床上安息, 当然睡够了, 我也会做仰卧起坐, 有时候比她们都做得多, "近朱者赤"嘛。

　　502是有名的美女寝室。

　　在我乔迁到美女寝室502之前, 我一直都是503寝室的垃圾王, 寝室的每一寸土地都是我不容错过的沃土, 用自己的书、本子、报纸蚕食每一块未开垦的"荒原"。（不过检查卫生前, 我这个寝室长会以身作则, 爬上爬下地打扫战场, 通常每星期会有三次吧）

　　可是, 自打我换了窝, 就完完全全清清楚楚彻彻底底地理解了山外有山, 人外有人的深刻意义。

　　我几乎每天只能守着我唯一的领地——床。桌子那片公海根本没我的容身之处, 全堆满了美女们的美容护肤品, 或者各种新奇的小饰物。每当她们坐在桌前摆弄这摆弄那的时候, 我只有可怜兮兮地趴在床上的份儿, 此时此刻, 我总是怀念我的老室友, 虽然她们算不上美女, 可长得也还可以, 最重要的是, 她们从不长时间地占用公共场所。

　　我是那么艰苦又窝囊地度过了第一个礼拜, 第二个礼拜, 我终于按捺不住, 火山爆发了, 我破天荒地制定了寝室卫生值勤表, 并严厉声明: 不准在桌上乱放东西!（怎么说我也是寝室长啊, 官是小了点儿, 可也不能被民欺压）

　　趁着她们把家什运到床上的时候, 啊哈, 我立马用书占据了半边桌子, 真

爽啊，终于有种放开四肢的轻松感。

不过，好景不长，没过多久，整个寝室就变成了19世纪初的中国，俨然一片列强瓜分中华民族之势，罢了罢了，凑合着过吧，至少平时饿的时候，还有秀色可餐，事到如今，她们也只有用美色来浇灭我的愤怒了，（要加一句，美女们对自己衣着的态度与对寝室的态度是截然相反的）美女们都是很注重自己的体重的，当然所有女生都关注自己的体重。

以前，我也老喊减肥，不过充其量嘴上喊喊，该吃的还是吃，该睡的还是睡。（虽然在这个以瘦为美的时代，我相对魔鬼的身材有点儿不过关，但也没什么特别的动力，所以也就随它去了）现在不同了，身边多了好几个"卡路里测量表"，整天都会发出警笛：高脂肪，高糖分，高能量！于是乎，我也开始晚饭有一顿没一顿的，还真是有一点儿效果耶！不过这只是表面现象，这些美女过去严重虐待自己肚子里的馋虫，一旦那些馋虫忍无可忍，揭竿而起时，那可是一发而不可收拾啊！通常这种情况发生在逛超市回来，或者就发生在逛街途中的某家快餐店，每个人都显现出惊人的肚量，别说一艘船了，那架势，几艘航空母舰都撑得下。跟跟跄跄回到寝室，瞧她们穿着健妮健瘦鞋走到东走到西，或是七上八下地仰卧起坐，我头就犯晕、脑缺氧了，全身90%的血液都聚集在胃上，只好在床上安息，当然睡够了，我也会做仰卧起坐，有时候比她们都做得多，"近朱者赤"嘛。

事态还在发展之中，有时候，我这个丑女室长也有美起来的感觉呢！

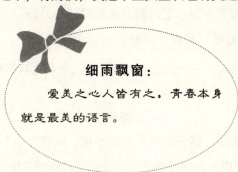

细雨飘窗：
　　爱美之心人皆有之，青春本身就是最美的语言。

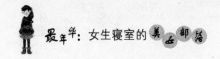

姐妹屋"悲喜剧"

马 珍，17岁，中专生

一天、两天……时间在不断过去，什么也没找到，门卫也没有任何反应，当作一个小小的插曲而已，如果查就一发而不可收拾了，后来又有一些衣服、鞋子等东西不翼而飞了，这些更难找了，只有希望悲剧不再重演，让我过几天安稳的日子，不再时时提防着别人。

为什么美其名曰"姐妹屋"呢？那就先介绍一下吧。3栋109寝室有八个女生，因感情颇深，便成姐妹，"姐妹屋"就由此得来。大姐来自英山，名为吴畅，特有大姐风范，特别关心众小妹。二姐原名玉丝雨，小名"熊猫"。"熊猫"此名的由来，一是她戴着副黑框边的眼镜，二是此人为"活宝"，少不了她。"熊猫"乃一室之长，爱说爱笑。三姐程芳芳，我的初中同学，每天歌不离口，大歌迷一个。四姐郭倩，黄梅戏唱得好，字也是一级棒，真是不简单哪；五姐郭玉，爱看小说；老六我，也就是"小帅哥"，个子不高，但确实帅；七妹吴芯，"海拔"最高，身材最好，大美人一个；八妹柴哲，聪明可爱，讨人喜欢。俗话说"三个女人一台戏"，八个女生戏不断。

一、喜剧上演

"放了一个星期假，终于回到久别的小屋，太爽了。"八妹进寝室后就倒在床上感叹道："是哦，在学校想家，在家里又特别想学校，最想的就是姐妹们了。"五姐也有同感："各位都到齐了，我家的美味花生要不要吃？"她一说完，大家都抢起来，上晚自习时，大家才恋恋不舍离开这些花生，地也没人扫。

晚上回到寝室，我开门，"My god！"有一只大老鼠竟明目张胆地跑出来吃东西，也不躲一下，看来它是一个星期未进口粮了，平日它搞得我们不得安宁，今天它又送上门了，真是难得的好机会，看它今天怎么逃出我的魔掌。我立即提醒众姐妹："嘘，有老鼠在寝室，今天报仇雪恨的机会来了。"后进门的大姐随手关好前门，我悄悄地关好后门，它竟全然不知，看来，受饥之日确实不短。"快，七妹把武器（撑衣架）拿给我，守好前门。"我吩咐道，"哦，五姐守好后门。"我拿起武器朝鼠头一棒，偏偏我手法太差，老鼠没打着，却把正向后门走的五姐的脚打了，痛得五姐大叫一声，老鼠被吓跑了。"对不起，对不起，五姐。"我连忙道歉。五姐笑着说："我怎么成老鼠了，帅哥，你这一棒下去，老鼠非死不可。"大家听了捧腹大笑。二姐见老鼠没跑出去，便学起猫叫，想吓跑老鼠，没想到适得其反，听到这些，"熊猫"实在气不过，抄起武器敲打床边，口中还念念有词："竟敢学起我来！"看得我们大笑。"八妹，老鼠在……在你床……"胆小的美女七妹大叫。八妹吓得一下子蹦下床，拿起武器敲打床边，却没看见老鼠，八妹撅起嘴说："你们就知道骗我，看我人小，我胆可不小。""你听，老鼠在你床底的纸箱子里，谁骗你了。"七妹气呼呼地说道。"真的，八妹，好像在咬什么东西，快听。"四姐说道。八妹拿起武器朝纸箱子一捅，老鼠跑到四姐床底下，四姐大呼小叫："看你做的好事，你怕我就不怕啦……""还不快把床底下的箱子拉出来，还吵什么，谁不怕呢？"大姐就是懂事，临危不乱，可是谁也不敢动，站在床边，看来还得由我这个天不怕地不怕的帅哥冒一次险，拉出箱子，打开一看，老鼠从里面跳出来，差点儿跳到我身上来，她们又大叫起来，眼看溜出门也没人拦，你们觉得奇怪吗？帅哥怎么不拦，本帅哥吓得只剩半条命了。

熄灯钟准时"报时"了，大家才纷纷上床睡觉，正在铺被子的"熊猫"二姐在上铺突然大叫起来："八妹，老鼠爬到你床上来了，真的，你快看。"躺在床上的八妹掀翻被子，鞋也没穿就蹦到地上，口中还大喊："在哪儿，哪儿？""在被子里面，真的，还没跑。"吓得其他人都爬起来，八妹用撑衣架乱打，"老鼠"竟动也不动，难道被八妹厚实的被子压休克了。大家借着月光仔细一看，不由捧腹大笑起来。原来是"熊猫"二姐看花眼了，一只黑袋子安

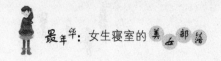
然地躺在八妹好看的被子上。"八妹，小心今天晚上它来与你共枕呢！"不知哪位姐妹说的，八妹说："我今晚坐着等它来，看我怎么收拾它。"大家都笑了起来，在皎洁的月光下，大家在笑声中睡着了。

二、悲剧谢幕

"我枕头呢，柴哲，你还不拿出来！"四姐气势汹汹地对八妹说。八妹莫名其妙起来："什么枕头？你枕头在你床上，问我干什么？"四姐指着床说："我枕头在上自习前还在床头呢，不是你藏起来还有谁呢？"我和八妹一看，枕头真的不见了，找了一会儿，还是没见枕头的影子。"枕头，我没藏，闹着玩也不用藏你的枕头，是吧？"八妹说道。"你是不是晒了忘收回来了，去找一下吧！"我说着便开始行动，找了半天，枕头没找到，却发现大姐、二姐、三姐的东西也掉了。原来小偷今天光顾了咱们的姐妹屋，大家都这样认为。小偷是从后面窗子爬进来的，出去的时候窗子也没关好。"走，向门卫汇报情况，窗子坏了，他不管，现在东西掉了，看他怎么说。""熊猫"室长说道，室长就是保护意识强。说了半天，门卫开始不相信有人偷我们屋里的东西，他认为有家窃。怎么可能，这样损我们八姐妹深厚的感情，可悲，真让人生气。最终大家没发火，平心静气地跟门卫说明情况，凭我们这几张三寸不烂之舌，终于说服门卫第一"判决"。门卫说要到我们寝室看一看，叫我们不要声张，明天会查清楚。让我们先睡觉。你说，我们怎么睡得着，搬到这个寝室才几天，就出现这种事，真倒霉。大家都在想谁有可能偷我们的东西，我们向来不与人结仇结怨，除了110寝室那几个因调寝室而搬来的别班的几个人。她们一来就同我们关系很僵，这次一定是报复我们，平日我们不惹她们，她们便用这种下三流的手段报复了。大家都这么认为，便派室长去同门卫说了我们的猜测。门卫却说人人都有可能，如果你们这么肯定，那明天早上去110寝室找一下。因为这事，害得我们总觉得有人跟在后面，进卫生间都要人陪着。"门卫是什么意思？我们大家东西都是共用，偷去有什么用？""就是嘛！再说都是一个寝室的，偷也没有地方放啊！""你们刚才看见没有，外面有人在偷听，好像是110寝室的。""我看见了，一定是来听风声的。""大家小声点儿，

不要让她们听见，她们要是采取行动就不好办。"大姐一句话仿佛惊醒梦中人，大家不再议论，各自想着刚才的事，倒霉二字不断浮现在脑中。慢慢地，大家在沉默中睡了。

一天、两天……时间在不断过去，什么也没找到，门卫也没有任何反应，当作一个小小的插曲而已，要是查就一发而不可收拾了，后来又有一些衣服、鞋子等东西不翼而飞了，这些更难找了，只有希望悲剧不再重演，让我过几天安稳的日子，不再时时提防着别人。

姐妹屋的悲喜剧还在继续上演。

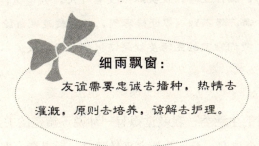

细雨飘窗：

友谊需要忠诚去播种，热情去灌溉，原则去培养，谅解去护理。

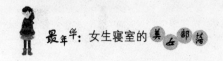

我们寝室的生活委

何 雨，16岁，中专生

不过嘛，这位生活委并不是十足的"老虎"，只要你规规矩矩，有什么正经事找她准有门儿。就拿我来说吧，平时学习不用功，做作业时，就头疼得咬笔杆儿。有一次，我硬着头皮去问她，嘿，想不到人家还挺客气，清清楚楚地讲给我听。

我们寝室的生活委就是这样一个使人哭笑不得的人物。

说起我们寝室的生活委，我就觉得有一种说不清楚的关系，刚到这个学校，我们就住在一个寝室，而且在教室又是同桌。后来有一次爸爸来校看我，她的妈妈也来看她，爸爸告诉我这个人是咱家的亲戚，以后我得叫她姐姐。

在大家的心目中，女孩子总是长得白白净净，生得文文雅雅，说话细声细气的。难怪曹雪芹在《红楼梦》中说："女人是水做的骨肉。"可是，我们寝室的生活委就没有一点儿女孩子气，说话大声大气，要不是脑后留了个"马尾巴"，就真正的是个男孩子。我们觉得她跟日本人长得很像，就在背后管她叫"日本人"。

这位女生活委，第一天走马上任，我就倒了霉。

"喂，你们三位今天打扫寝室。"她向我们一指，快人快语的。我心里嘀咕："要我们扫地，没门儿。"其实，徐菲、虞丽莉和我早就通了气，决定治一治这位生活委。

"去去去，没看到我在看书吗？"虞丽莉的嘴噘上了天。

"我在家都不扫，哼，要我扫，没门儿！"徐菲奶声奶气地说。

你猜她怎么着？走到我的面前说："何雨，我知道你们是串通好了的，

故意想整我是不是呀！我告诉你，我不怕，我要把你在校的表现告诉你的老爸。"她开始讲的话我没有听到什么，一听到老爸两个字，我从床上跳了起来，说："我扫总可以了吧！"她这一招实在是太厉害了。

"虞丽莉，我们扫吧！"

这天晚上，我们三个人睡在床上，心里挺别扭的，三个人竟治不住她一个人。虞丽莉最后发言："明天就是扫地，也不扫干净。"

第二天一大早，我们三人马马虎虎地打扫完了寝室，刚要去倒垃圾，生活委就不知从什么地方冒出来了。早不来，晚不来，专等这节骨眼上来。"重扫重扫，简直是糊弄人！"人家又冷冰冰地甩下一句话。

"不扫不扫，简直是刁难人嘛！我在家也没打扫过这么多的地方啊！"我气呼呼地说。

"刁难？不扫干净，我就告诉你老爸！"

说到别人那里去还凑合，这老爸那房里一去就是一两个小时，挨训的滋味尝够了。

"喂，好说好说，同班同学又同桌，我就扫，就扫。"没办法，我们只好乖乖地重扫了一遍。

你说倒霉不？本想治人家，现在倒被人家治了。

不过嘛，这位生活委并不是十足的"老虎"，只要你规规矩矩，有什么正经事找她准有门儿。就拿我来说吧，平时学习不用功，做作业时，就头疼得咬笔杆儿。有一次，我硬着头皮去问她，嘿，想不到人家还挺客气，清清楚楚地讲给我听。

我们寝室的生活委就是这样一个使人哭笑不得的人物。

细雨飘窗：

谁是你的朋友，只有你自己最清楚。天地之间有杆秤，人心中也有一杆秤，那秤砣就是你自己。

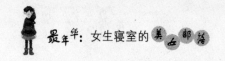

人鼠之战

赵 瑾，15岁，初 二

> 姐妹们采取"步步为营"的策略，用棍子敲打地面，好使老鼠出来，不多时，老鼠像没头苍蝇冲了出来，绕着墙角兜圈儿。我们围成一圈，做好随时战斗的准备。谁料，老鼠向我们来个饿狼扑食，吓得我们尖叫而散，我们没有撤退，而是重新投入战斗中。

"因为爱所以爱，温柔经不住安排……"天籁的妙音飘忽而来。不用问，此人正是我们的大姐——菲。不知咋的，今天的歌声好像加了一些化学元素，变得越来越好听了。当她左手拎着一袋"我们的最爱"，右手提着一瓶开水出现在我们的眼前时，大家一阵欢呼雀跃地拥了上去。

正当我们在分食的时候，突然一阵"吱吱"的叫声打断了"我们的声音"，大家都停下来寻找声音的来源。忽然又一阵"吱吱"的响声后蹦出一只大老鼠，大家吓得像被捅了的马蜂窝一哄而散。我吓得全身起了一层鸡皮疙瘩。也顾不得有没有脱鞋子就往床上一跳，往被窝里一钻。

我从被窝里探出脑袋一看，只见二姐吓得趴在地上，手中的食物撒了一地，当场给我们表演一个蛙式游泳。而其他的姐妹也吓得直往外窜，恰似自己变成了一群老鼠。

我们望着彼此的滑稽相都捧腹大笑。

没头没脑的，可恶的老鼠又跑了出来，到处横冲直撞、耀武扬威。二姐此时不敢怠慢，连忙冲出重围把门关上。我赶紧把头缩了回去，只听见老鼠蹦上又跳下，像是在跳劲舞，搞得鸡犬不宁。

不料，脏老鼠居然蹦到我的床上来了。一股电流流遍全身，麻得我尖叫起

来，从床上跳下来直往外冲。

于是，我们聚在一起商定了一个决策——寝室总动员。

姐妹们各自找到自己的武器，壮着胆全线出击。二姐冲锋在前，到处搜索老鼠的影子，我们胆小的紧跟其后，像鬼子进村的感觉，姐妹们把各自的床铺和衣柜检查了一遍，都没收获。

正当姐妹们庆幸老鼠逃离之际，它像魔鬼般又出现在我们眼前。放松警惕的我们一哄而散，吓得连逃跑都来不及了。

姐妹们重新制订计划。分析其中的原因就是胆小如鼠，重新决定：一致向前，不许后退，否则"军法处置"。

姐妹们采取"步步为营"的策略，用棍子敲打地面好使老鼠出来，不多时，老鼠像没头苍蝇冲了出来，绕着墙角兜圈儿。我们围成一圈，做好随时战斗的准备。谁料，老鼠向我们来个饿狼扑食，吓得我们尖叫而散，我们没有撤退，而是重新投入战斗中。

"姐妹们，把家伙舞起来！"

我们穷追猛打但不管用，老鼠反而朝我们扑来，吓得我们大呼小叫。老鼠越战越勇，士气盖过我们，大家无奈地只有奋战到底。

老鼠也不知接收到了什么样的信号，往外跑了。姐妹们欢呼胜利。

鼠不败而败，人不胜而胜。

细雨飘窗：

面对往昔的岁月，能够贮存在我们头脑当中的多半是记忆深刻的东西，我们一遍又一遍地重温那时候的感觉，于是，它渐渐把所有的喜乐烦忧都酝酿成了美酒，成了香飘四野的回味。

青春，永不言败

郑贵霞，17岁，中专生

刚拿奖回来，女生部长和女生委又送上了"五星旗"的优秀寝室的称号，乐得我们手舞足蹈，只听女生委喊道："站好了，给你们'八大家'拍张'全家福'。"

"OK！""歌唱家"忙去抱吉他，"发明家"拎着刚组装好的收音机，"作家"骚着头吟诗，"舞蹈家"排着整齐的造型，飘飘而来……我这个"当家"的什么都没有，匆忙中把荣誉证书高高举起……

被调到106，甭提有多高兴！这可是学生楼中赫赫有名的寝室。说它赫赫有名，是由于它藏龙卧虎。

乍进106，我就自惭形秽了。与大家相比，可真是"荧光之比月华"啊。你瞧，正伏在床上手拈画笔的是"画家"；怀里抱着吉他，嘴里猛吼着的是"歌唱家"；抱着大堆方格稿纸，嘴里疯狂吐词的是"作家"；一声不响坐在那个角落，戴副眼镜摆弄着各种各样小型玩意儿的是"发明家"，还有一群正在排练的是"舞蹈家"……哗！个个都是"家"，可我呢，什么都不是，却又极不相称地做了一个"室长"，成了名副其实的"小当家"！

"106"因为这"八大家"，知名度沿直线上升，不过这"八大家"都有一个"弊病"——不修边幅。

这不，女生委一进门，便惊叫起来："妹妹呀！这也是人住的地方？简直是猪窝！"

"八大家"面面相觑。的确，你看这地板，这床铺，像什么样子？

136

　　我这"当家"的脸红一阵白一阵的,女生委一走,我立即召开紧急会议。"各'家'为了不使'八大家'声名扫地,咱们在本周内必须要夺得'优秀五星旗'!给她们看看!"我慷慨陈词,各"家"异口同声:"听当家的!"

　　说干就干,"106"顷刻间旧貌换新颜。

　　周末,"五星旗"果然流动到了我们寝室。没料到乐极生悲,在第二次检查时又翻了船……

　　女生委一进门,又是尖叫一声:"天啊,'发明家'你看你的被子……"

　　哟,没有半个棱角,真像是早餐时的"豆沙卷"!女生委一指:"这是你们'发明家'的新'发明'吧?"起床后,"发明家"不叠被,被子当然凌乱不堪,难怪被指责!

　　我这个"当家"的真想找条地缝钻进去。唉!女生委这严肃相和那泼辣的舌头,让人哭笑不得。

　　"五星旗"被她一笔删了,毫不留情。

　　躲在门外的各"家"闻风而逃,结果被我一声喊了进来。

　　"你们都看到了吧,'发明家'匆忙中的'发明',导致了多么严重的后果?"我严厉地说,"如有再犯,赶出家门。"

　　"五星旗"易主,"八大家"并不在乎。"胜败乃兵家常事"嘛!而在"八大家"的字典里,"晚休"似乎就是"狂欢"的代名词;你看这场……

　　周末23点整。

　　喊杀声震天价响,"106""同室操戈"!……

　　"咚、咚、咚"响起了重重的敲门声。

　　"嘘——""八大家"以超越吉尼斯纪录的速度吹灭了蜡烛,瞬间鸦雀无声。

　　我悬着心将门打开。

　　"听说'八大家'的宿舍一只老鼠也没有?"女生部部长一脸严肃。

　　"是的,我们宿舍的卫生工作一直很好。"我有点儿摸不着头脑。

　　"就是有,也被迫搬家了!"她鼻子一哼。

　　我恍然大悟,各"家"捧腹大笑。

　　"还起哄,快睡觉!"女生部部长一瞪眼,"扣重分!"

晚上的风波，传到班主任耳里，气得他吹胡子瞪眼睛，勒令"八大家"逐个上台亮相，作自我批评。然而，事后我们极力要挽回这个面子。"人多力量大"，"八大家"身经百战，从来都是一窝蜂上的……

这不，一轮朝霞喷薄而出，万道霞光中，五星红旗又朝我们走来……

这是"画展"中的一幅，落款处赫然印着"八大家"！

"热烈祝贺这次'迎十六大召开绘画大赛'取得圆满成功！"高主任一口官腔，"有请获得特等奖的'八大家'同学上台领奖！"

"哗……"在雷鸣般的掌声中，我们一起走上了主席台。高主任吃了一惊："'八大家'？哦！"

台下一阵爆笑。

刚拿奖回来，女生部长和女生委又送上了"五星旗"的优秀寝室的称号，乐得我们手舞足蹈，只听女生委喊道："站好了，给你们'八大家'拍张'全家福'。"

"OK！""歌唱家"忙去抱吉他，"发明家"拎着刚组装好的收音机，"作家"搔着头吟诗，"舞蹈家"排着整齐的造型，飘飘而来……我这个"当家"的什么都没有，匆忙中把荣誉证书高高举起……

"咔嚓！"她按下快门。

"唉，'八大家'到头来还是落入女生委的手中！"一向沉默的"作家"唉声叹气道。

"你还贫嘴！"女生委狠狠地瞪了她一眼，我们笑得前俯后仰……

合上这本相册，我回味无穷。这就是赫赫有名的"八大家"，这就是藏龙卧虎的"106"啊……

细雨飘窗：
我们应该把青春无限的活力应用到更有意义的生活当中。

谢霆锋之 "girl friend"

陈 丹，16岁，初 三

睁开眼一看，只见梦圆在床上高兴得手舞足蹈，我连忙起床把她叫醒，她满脸不高兴地说："都怪你，要不然，我可以和他在一起。"我满脸狐疑地望着她说："他是谁呀？哪个'他'。"她却充满自信地说："当然是谢霆锋了，我的boy friend。"

"无论春天有多么远，我亦心坦然，能握住久违双手也无憾，情愿一生追随，只为梦能圆……"一听我就知道这空灵缥缈的歌声来自我的寝室并准保是她——梦圆，谢霆锋的忠实fans。

一走进寝室，我便调侃地说："怎么了？我的梦圆小姐，你真的决定追逐他一辈子，我恐怕谢霆锋本人根本就不知道这里有一个他的'girl friend'呢！"谁知梦圆并不为我的话所动摇，仍痴迷地说："为了他，我不后悔。"

瞧！梦圆就是这傻样。我们虽说看不惯但也拿她没办法，只好一切随她。

谁知梦圆对谢霆锋越来越痴迷，可谓是到了如痴如醉的地步。

一天早上，天还没亮，我正在睡梦中漫游。只听见一个欢快的声音在喊："我终于牵到他的手啦！"使得我从睡梦中惊醒。

睁开眼一看，只见梦圆在床上高兴得手舞足蹈，我连忙起床把她叫醒，她满脸不高兴地说："都怪你，要不然，我可以和他在一起。"我满脸狐疑地望着她说："他是谁呀？哪个'他'。"她却充满自信地说："当然是谢霆锋了，我的boy friend。""你少臭美啦，谢霆锋现在在武汉呢！"我说。"你不相信吗？我没骗你，我真的和他牵手啦。"梦圆焦急地说。"在哪里？"我问。"在船上，我讲给你听。"梦圆生怕我不相信地说。

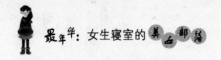

当时我真的好想睡觉，但是没办法，君子有成人之美的风范。我只好舍命陪君子了。

"那天，爸爸妈妈带着我坐船到上海去，闲着无聊便在船上四处走动。就在这时，一个熟悉的身影映入我的眼帘——谢霆锋，同时他也看见了我，我们好像一见如故似的。于是我跑上前去说：'我是你的忠实fans，我家里有你所有的专集以及个人档案，你能否为我签个名？'你知道吗？他毫不犹豫地答应了，接着我们一同观赏海边的风光，他还牵着我的手呢，我感觉自己真的好幸福……"梦圆如痴如醉地描述着，为了安慰她我便对梦圆说："梦圆我相信你的梦会圆的。"

以后的日子里，她也提到过这个梦，只是随着期末考试的降临，她不得不重归现实，努力学习，我们也一样为考试而劳累，很少提到谢霆锋及"girl friend"。

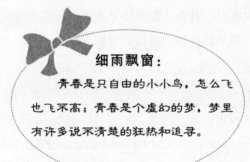

细雨飘窗：

青春是只自由的小小鸟，怎么飞也飞不高；青春是个虚幻的梦，梦里有许多说不清楚的狂热和追寻。

飞夺"方便面"

陈 丹，16岁，初 三

"飞夺方便面"的结果，可想而知是安雯赢了。只听安雯得意洋洋地在唱："三分天注定，七分靠打拼，爱拼才会赢……"

只要有安雯的地方，就会有欢声笑语，我真为有这样一位婆婆室友而庆幸，她给我的求学生涯增添了青春色彩。

我们寝室里有一位出了名的"管家婆"。每天早晨刚起床，就只听她说："快点儿，待会儿把鞋子摆整齐，床铺铺平整、被子……"有时我们被管得不耐烦了，就俏皮地说："知道了，安雯婆婆，不劳您老人家操心了。"她却认真地摆出一副严肃的面孔说："唉！对待你们这些小丫头片子不管不行。"

别看她对我们如此严厉，但她对待生活却完全是个乐天派，整天乐呵呵的，好像在她的生活中没有烦恼忧愁似的，于是，我们便常拿她开玩笑："你每天笑嘻嘻的，不怕把嘴笑歪吗？"这时，安雯总笑着说："笑一笑，十年少。我可不想变成老太婆，那样没人爱多可怜呀！"随后立即做出一副可怜的样子，她的这副样子惹得我们个个倒在床上捧腹大笑。

在寝室里安雯有一个嗜好，每晚下自习，她都要吃方便面，每晚一走进寝室，只听安雯那喇叭似的大嗓门在喊："方便面哟，又香又脆又好吃的方便面哟！"有时还故意当着我们的面慢慢拆开来，还边吃边看着我们，故意吊我们的胃口。

有一次，她又在喊着并且一边手举着方便面一边手舞足蹈。凤婷实在是受不了了，一踏进寝室就往上跃，飞快地夺走了安雯手中的那包方便面，没等安雯反应过来，凤婷这个疯丫头就在寝室里乱跑，还火上浇油地说："有本事，

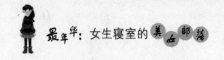
你就过来抢呀，我的安雯婆婆。"我想：这下可不得了啦，一场争夺"方便面"大战即将开始，我们就等着看好戏吧。

果然不出所料，"你给我说清楚，谁是婆婆？快把我的方便面还给我。"安雯边说边随手拿起一个衣架猛追上去。凤婷顺势也从墙边拿起一把雨伞，还装傻似的说："什么方便面，方便面在106寝室里，你怎么向我要呀？"安雯大肆挥动着衣架猛攻起来，说："你这个疯丫头，怎么这么乱扯，你问问她们方便面到底是谁的？"安雯边说边望着我们，希望我们能给她一个公道。我们看着凤婷大笑起来。凤婷脑子一转，挥舞着雨伞说："方便面是我的，那你干吗追着我抢呀！"安雯被顶得无话可说，只好再次发动猛攻，凤婷也只好招架她，没办法，进攻来得太猛烈，她快招架不住。安雯这个古灵精怪的丫头，抓住这个机会把凤婷逼到床边按倒在床上，用手去夺那方便面。凤婷想做最后的挣扎，安雯是个眼疾手快的家伙，她连忙使出了绝招——搔痒痒，这使得凤婷在床上打滚，她们在床上滚作一团。而我们这些旁观者则笑作一团。

"飞夺方便面"的结果，可想而知是安雯赢了。只听安雯得意洋洋地在唱："三分天注定，七分靠打拼，爱拼才会赢……"

只要有安雯的地方，就会有欢声笑语，我真为有这样一位婆婆室友而庆幸，她给我的求学生涯增添了青春色彩。

细雨飘窗：

　　如果青春有一种颜色，那么它一定是浪明亮欢快的暖色；如果青春有一种声音，那么它一定是最愉悦的山泉叮咚；如果青春有一种味道，那么它一定是大自然最熟悉的花香。

胖子减肥记

董丽娟，18岁，中专生

两个星期后，胖子带着一身的药味和扎满孔的手臂回到寝室，姐妹们为了给她接风洗尘准备了好多好吃的，感动得她眼泪鼻涕一起出。后来，胖子跟我们摊牌，说她要彻底远离减肥，我们当时还不太相信，直到一次晚上，胖子的发言才使我们确信她的决定。

胖子睡在我的下铺，所有的姐妹当中就数她年龄最小却最胖。胖子原名陈妍，至于这个绰号嘛，则是因为班上一名男生为她所作的歌而出名的，歌词大意是这样的："世上只有胖子好，有胖子的日子我像块宝……投进胖子的怀抱，幸福哪里了。"自从这首歌在班上广为流传后，胖子的绰号就千古流芳了。

我们寝室共有八位姐妹，其中就有四位排骨美眉，个个苗条婀娜、靓丽动人，令我们的胖子羡慕不已，所以胖子想减肥一点儿也不让人觉得奇怪，毕竟人人皆有爱美之心嘛，更何况我们这些花样年华的女孩儿。于是胖子在种种原因影响下就制订了一系列减肥计划，例如：早上只喝一碗稀饭，至多吃一个馒头，中午喝一杯牛奶，下午只吃一个苹果。有时，我看她实在太饿，就给她东西吃，没想到她居然不要，还趴在床上睡觉，坚持不吃。长此以往，胖子还真的瘦了，这使我们几个姐妹惊讶不已。

胖子从前几乎每天晚上都吃零食，如：棒棒糖、面包、方便面、火腿都是她的最爱，而这些东西都是含高脂肪的食物，后来是由于体重达到120斤时，她才不得不忍痛割爱跟美食说拜拜了，但江山易改本性难移，胖子刚开始仍不能下定决心，夜深人静之时嚼着棒棒糖以致每天晚上我都以为是老鼠在磨牙，搅得我不得安宁。

　　不觉夏天悄然而来，苗条的女孩子穿起了摇曳多姿的裙子，而胖子只有眼红和羡慕的份儿，于是在一日卧谈会上，胖子正式宣布了她的减肥计划，所以就出现了前面的一幕，虽然胖子的体重是下来了，身材也苗条了些，但脸色却是蜡黄的，不过胖子看起来很高兴。终于，在一场大病后，胖子悬崖勒马。那是在一次体育课上，跑步时胖子突然晕倒在地，我们急忙把她抬到医务室，当时胖子紧闭双眼，脸色苍白的样子很吓人，最后医生的诊断使我们都傻了眼：营养不良、贫血、体内几乎没有储存什么能量……我怀疑是她经常不吃饭引起的一系列的症状，目前她必须休养两个星期以上，否则会造成不良后果。我们无话可说，唉！胖子只得在医务室躺上两个星期。

　　那天胖子一醒来就喊饿了要吃饭，等我们把饭菜端来后，我们就看到一个刚从饿牢里放出来的人在吃饭，她整整吃了五大碗米饭。胖子在养病期间天天要扎针，所以每次我们去看她时，她就说："我真是赔了夫人又折兵，我，我再也不减肥了，我要快点儿离开这个可怕的地方……"她一边说一边抹眼泪，我们看了也不免感慨万千，这是所谓的减肥带给她沉重的教训呀！

　　两个星期后，胖子带着一身的药味和扎满孔的手臂回到寝室，姐妹们为了给她接风洗尘准备了好多好吃的，感动得她眼泪鼻涕一起出。后来，胖子跟我们摊牌，说她要彻底远离减肥，我们当时还不太相信，直到一次晚上，胖子的发言才使我们确信她的决定。那次晚讲，胖子说了很多，其中一句话我记忆深刻，她说："这次生病使我想了很多，到现在我才知道健康是多么快乐的一件事，有美丽的身材固然很好，但我觉得健康才是美，希望像我一样的同学回头是岸，谢谢！"她一说完台下就爆发出热烈的掌声，我们都为胖子叫好。

　　的确，青春年少的我们喜欢努力地展示自己的青春魅力，不过像胖子这样做是极其影响学习和身体的。所以我们只想对胖子说："我们还是最喜欢胖得可爱的你。"

细雨飘窗：

美是必要的，快乐是必要的。

但是这一切都应该以健康为基础。

我们这帮女生

张佳利，17岁，中专生

这时，管理员不得不提高嗓门，未见其人，先闻其声地听到他们吼："你们是不是吃了兴奋剂，即使是，你们累不累，嘴巴也该收敛了吧……"说完，气呼呼地远离了我们，紧跟着这个时候从寝室里传来了唾骂声。

"嘿，今天中午帮我打开水行吗？明天中午我帮你打。"A说。

"好说，好说，把开水瓶递给我吧！"

看，离开水房最近的准是她，不信，请带上望远镜去瞄个究竟。可是，到了晚上要背黑锅的。水是为你打了，是否有用武之地呢？可要看大笑话喽！

"唉哟，怎么还不送电来，当我们是猫头鹰黑白不分呀！"她说。

"不对，不对，是开水瓶破碎的声音。"A又抢着说。

"难道是老鼠打碎了开水瓶，她没有那么大的力气。"

"糟糕，我脚上的温度怎么那么高，由三十摄氏度一下子升高到了六七十摄氏度，而且还间隔着那么厚的一层'皮'。"

"啊！老鼠把尿撒在我的脚上来了，哇……"

在那一刻，Thanks to 顾城先生"黑色的眼睛给我们带来的光明"，我们呀！真是万分地感激他呢！否则，老鼠可是受到莫大的委屈哟。

现在真相大白了，谁也不会怪谁，要怪只怪她为什么不多长一双眼睛，要不然也不会出现这种结果。

"C，有开水吗？'借'点儿给我洗脚。"

抱着盆子，纤纤作细步，一向走路很有风度的她，这时也露出马脚，走路

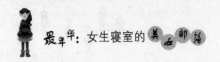

像鸭子一般翘得老高来到隔壁寝室。

"黑豆，有开水吗？'借'点儿给我。"

"No problem，不过，我的开水所剩无几了，你那么大的盆儿恐怕有点吃不消。"

天哪！磨破了嘴皮呀，水呢？My god！也未免太残忍了吧！我"辛勤劳动"的结果只换来这么一点儿的收获，连毛巾都浸不湿的开水呀。

"哎，A呀！你省吃俭用，将就一次吧，这一点儿水是不会亏待你的。"

灯熄之后，查寝人员又重复那千篇一律的口头禅，听："嗒，嗒，嗒，别说话了，明天早上还要上课呢！"

"去你的，你管得着吗？"哟，又开始大激战了，虽然是夜里摸黑，但是我们肯定自己是夜猫子，夜里还能看得见那"白眼珠"在长为一厘米的区域里波动呢！虽然没有了说话声，可是晚上吃零食的声音远远超过了悄悄说话的声音。但是，爱吃东西的她们是很有江湖英雄中的侠义之情的，她们当然不会独吞"易精经"，我们这些无名小卒也会跟着一起沾光的。

那个时候，查寝人员早已烟消云散，进入他们的梦乡之国了，我们的吵闹声已传遍得满城风雨，进入校园的每一个角落。

这时，管理员不得不提高嗓门，未见其人，先闻其声地听到他们吼："你们是不是吃了兴奋剂，即使是，你们累不累，嘴巴也该收敛了吧……"说完，气呼呼地远离了我们，紧跟着这个时候从寝室里传来了唾骂声。

这个时候，寝室里更火热了，管理员便成了她们的笑柄。

"看来，她肯定是失恋了，要不然怎么会发那么大的火！"

"我看，肯定是这样，她的男朋友会是谁呢？"带着狞笑扬长而去的她早已认定了对象。

"哦，原来是……"

"哈，哈，哈"，又是一阵狂笑，以后的语气简直不堪入耳，就这样销声匿迹了，直到第二天的天明。

瞧，就是这群女生。

细雨飘窗：

尽管我们有些"顽皮"，但是请你相信青春永远是美好的。

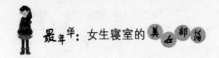
"动画城"风波记

郭婷婷，17岁，中专生

她有一头乌黑三千丈的头发，戴着一副高度近视眼镜，活像"熊猫眼"，鼻子像个茶壶盖，樱桃小嘴，一双胖乎乎的小手，她还特胖。"熊猫"就由此而美名远扬了。她还特别喜欢看"动画城"这个节目，她就是动画片里的"熊猫京京"，聪明伶俐、善良可爱的大姐。

我们这个"家"不平凡，它是由八个形态、性格各异的少女组成。编号为3-109寝室，别名"动画城"。

说起"动画城"这个别名的由来，还得谈一下"动画城"的主角"panda姐姐"。

她有一头乌黑三千丈的头发，戴着一副高度近视眼镜，活像"熊猫眼"，鼻子像个茶壶盖，樱桃小嘴，一双胖乎乎的小手，她还特胖。"熊猫"就由此而美名远扬了。她还特别喜欢看"动画城"这个节目，她就是动画片里的"熊猫京京"，聪明伶俐、善良可爱的大姐。我们"动画城"里还有其他的动画人物，就不一一列举了。下面就讲一下发生在"动画城"里的一次小风波吧！

花儿：姐妹们，来帮我看一下，今晚我登台演出，穿什么颜色的衣服比较合适呢？话音刚落，小蜜蜂争着说：我看花儿姐，你还是穿这条大红色的裙子比较漂亮，因为红色引人注目。

蝴蝶：蜜蜂姐呀！这红色太刺眼了，我建议"花儿妹"穿另一种红色比较合适一些。你不是有一条粉红色的，我认为比较适合一些。你不是有一色的连衣裙吗？我看那几条不错。

小蜜蜂大声嗡嗡：你总是爱跟我唱反调，我哪儿得罪你了，你看我这么不顺眼，其余的人都对我很好，就你总是"踩"我。

蝴蝶愤怒地说：你这人怎么这么不讲道理呀！我什么时候对你不好了。我只是发表我的意见罢了！至于穿什么衣服还得"花儿妹"她自己决定呢！你别总是仗着你最小，我们总是让着你，你就不知好歹，总是站在我们的头上放肆，我们才不是好惹的，忍耐是有限度的。

其他成员：呀，不好，"小蜜蜂"大打出手，"蝴蝶三姐"也不是好惹的，把她惹急了，她是不会让"小蜜蜂"的。

独白：两人打成一团，余下几人还没发言，她俩就争得面红耳赤、大打出手，那还了得。

其他成员：拉拉扯扯，劝了半天，她们俩越打越带劲，边打边骂。

独白：突然，从空中落下狠狠的一巴掌，"熊猫京京"嘴角流着血，这正是"小蜜蜂"的巴掌。顿时，全场寂静、鸦雀无声。

其他成员：一边责备"小蜜蜂"不该下手这么重，一边拿毛巾给"熊猫姐姐"擦嘴角的血。

独白：太可怕、太不可思议了。

其他成员：还以为"熊猫姐姐"会哭，会跟"小蜜蜂"革命呢！虽说是大姐，但她毕竟比我们只大一岁呀！她也是有血有肉的，也会痛的。

熊猫京京：你打"蝶"就是在打我，因为我们是一家人。

小蜜蜂：有悔改之意地握着"蝶"的手说：对不起！三姐，都是我的错，是我太幼稚了，太霸道了，我保证以后不再这样了。

蝴蝶：我也有错。

独白：最后两人又哭又笑拥在了一起。

熊猫京京：我这一巴掌挨得值，能让我们的"小蜜蜂"懂事，我很高兴。

独白："动画城"全体成员拥在了一起。

全体成员欢呼：我们为有这样一位好姐姐而感到骄傲、自豪。

最后好想对广大青少年朋友说几句知心话：友情是严冬里的炭火，是酷暑里的浓阴，是湍流中的踏脚石，是雾海中的航标灯，是看不见的空气，是捉不

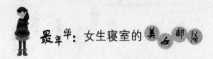

到的阳光。请朋友们珍惜友情吧！我们相聚不容易呀！

友情万岁、万岁、万万岁！

细雨飘窗：

最巩固的友谊是在共患难中结成的，正如生铁只有在烈火中才能锤炼成钢一样。

女生寝室

桂薇，17岁，中专生

唉！傻秋秋，难道你不知道年轻的爱是不能永恒的，初恋的果实是酸的，是苦涩的？整天总是一副伤感的样子，一个人静静地发呆，总是唱那首《把悲伤留给自己》，默默地为他付出，值得吗？我们还年轻，今后的路还很长很长，这么做是何必呢？

爱搞笑的小悠

"大哥哥好不好，咱们去捉泥鳅……"晚上刚熄灯，小悠就唱了起来。

"喂喂喂，搞清楚了，这儿是女儿国，哪来的'大哥哥'呀？想捉泥鳅，找你的白马王子去呀。"

"是啊，天黑了跟着你的'大哥哥'去捉泥鳅，倒挺浪漫的啊！只是捉了泥鳅，别忘了我们的这一份儿啊！"

"是啊，是啊，哈……"大家伙都笑成了一团。

"不唱就不唱，废话那么多。"小悠不服气地说。

"哈……"看着小悠那副样子，我们又禁不住笑了。

小悠是我们寝室的"新闻人物"，不管什么事，总是先拿她开心，开她的玩笑，她也不生气，但就是喜欢做出不服气的表情，是一个典型的搞笑人物。

多愁善感的秋秋

"我想是因为我不够温柔，不能分担你的忧愁，如果这样说不出口，就把遗憾放在心中，把我的悲伤留给自己，你的美丽让你带走……"唱着这首《把悲伤留给自己》，秋秋又一次哭了。她跟她最喜欢的男孩分开了。男孩去了安徽，走的时候不声不响，连句话都没留。秋秋就这样傻傻地等，等着他回来找她，可是一年过去了，还是一点儿消息都没有。

其实，秋秋是个漂亮并且挺有性格的女孩，自然而然也就受到了不少异性的青睐，可是她却始终等着他回来，对于众多的追求者，她是一个个地拒之门外。

唉！傻秋秋，难道你不知道年轻的爱是不能永恒的，初恋的果实是酸的，是苦涩的？整天总是一副伤感的样子，一个人静静地发呆，总是唱那首《把悲伤留给自己》，默默地为他付出，值得吗？我们还年轻，今后的路还很长很长，这么做是何必呢？

快乐的灵子

"灵子，你的汇款单！"

"哦，谢谢。"正躺在床上闭目养神的灵子，一听说是汇款单，连忙跳起身。"我是一只快乐的小小鸟……太好了，又有钱了。"灵子乐得手舞足蹈，她呀，每次有钱来的时候总是那么兴奋。

"灵子，表示表示吧。"有人开玩笑地说。

"就是啊灵子，该怎么表示，你自己看着办吧！"

"行行行，回头请你们吃棒棒糖。拜拜！"说完，一溜烟儿跑出寝室。她呀，不管碰到什么事，都能够那么快乐！

喜怒无常的我

"薇薇，怎么了？哭丧着脸干吗呀？谁欺负你了？"刚进寝室，灵子就过来关切地问我。

"没什么，就是心烦。"我无精打采地答道。

"是不是因为期中考试的事啊？"小悠也走过来问我。

"或许是吧。行了，休息吧，明天还要上课呢！"我懒懒地回答说。

第二天早晨……

"起床了，起床了。"我一个个地叫着。咦？都懒得理我！怎么都睡得这么死啊？

"起来，不愿做奴隶的姐妹们……"我"高唱"着。

"哎哟，还没睡够呢！"灵子边说着边伸个懒腰，极不情愿地穿好衣服下床。其他几个也陆续跟着起来了。

"薇薇，看你大清早就满面春风，怎么？没事了？"小悠看着我说，脸上带着坏坏的笑。

"怎么了？你是巴不得我整天哭丧着脸呀？我就偏要高兴给你看，哈哈哈哈，我就这么高兴，气昏你！"我也开玩笑似的说。

"啊——昏了昏了。"小悠故意往床上一倒。"行了，行了，小悠，薇薇，你们别闹了，就要迟到了。"秋秋走过来拉起小悠。

"不跟你闹了，喜怒无常——'神经质'，走吧。"小悠亲热地挽着我的肩膀笑着说。

结尾

看！这就是我们四姐妹所组成的寝室——一个小集体。这里有快乐，也有悲伤，有欢乐，也有哭泣，一切的一切，真是令人回味无穷！

细雨飘窗：

世界上没有比友谊更美好、更令人愉快的东西了；没有友谊，世界仿佛失去了太阳。

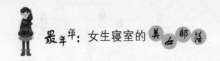

很坏的好友

高玉立，17岁，中专生

有一次，我生病了，在寝室里躺了一天，她做了一些从来没有做过的事，打开水、打饭，还帮我洗碗、洗衣服。总之，那天她真是"服务周到"。虽然这些并不是什么大不了的事，似乎人人都能办到，但像她这种"马大哈"能做到如此细心，真的已经是很难得了。这让我很感动。

记得去年刚开学不久，她给我的印象很糟。因为她实在是太"坏"了，不得不令我讨厌。但是现在，她居然成了我的好友，连我自己也不知是什么原因，真有点儿不可思议。

她根本不像个女孩。上课时，老师在上面讲，她在下面讲，每节课都要被老师点上几次名。在一次生物课上，老师在上面讲课，由于生物是我们眼中的添头，所以也只有少数人在听。我正准备去找周公时，突然被一声叫喊给吓了回来，我差点儿蹦了起来。此刻，全班同学的目光"刷"的一下投向了她——日本佬（由于她的性格太野蛮了，所以称她为战争时期的日本鬼子）的身上。这倒不算什么，更可怕的是她把老师给吓傻了，老师目瞪口呆地傻站在讲台上足有一分多钟才回过神来，劝说道："那位同学，以后不要在课堂上搞恶作剧了。"惹来一阵哄堂大笑。

终于盼到下课了，我的眼皮已经睁不开了，老师刚走，我便趴在桌上，睡着了。可正当我睡熟时，桌子突然被撞击一下，我又给吓醒了，我以为又上课了，老师拍我桌子叫醒我。但不是老师，又是日本佬。我真是火冒三丈，真想大声骂她几句，她看到我这个样子，也给吓住了，连声说："Sorry! Sorry! "看到她

这副可怜而又狼狈的样子，我又不忍心骂她了，渐渐的，气也就消了。她呀，就是这样，与班上的男生已成了哥们儿，和女生已成了姐们。所以班上的每个人都挺喜欢她的，虽然她太调皮了，但是我们依然喜欢她。

在寝室里，她更是野蛮。最喜欢的最会的就是与所有人斗嘴。她的口头禅就是：你不服，你嫉妒，你气得泡儿直冒，你走私贩毒，你发高烧三百六十五摄氏度。总弄得别人哑口无言。我们寝室的人已经习惯了，也不会有人在意了。所以，我们就让着，不跟她斗，每天晚上，都要找人"单挑"，其实就是疯打，而她每次都输得惨不忍睹。熄灯之后，她还要唱阵子歌。她每天都是这样开心，真让我们羡慕。自从她进了寝室后，我们寝室难免要上"光荣榜"。第二天，挨训的总会是我。（我是寝室长）

寒冷的冬天到了。她这个大懒虫，不愿带厚被子，也不问问我，就把她床上的东西都搬到我床上，说是要跟我挤在一张床上，原因就是取暖。哎！真拿她没有办法！跟她睡一起，真是倒了八辈子的霉。没有一个晚上不被冻醒过。有一次，她更过分。那晚，她做梦自己在练功，拳打脚踢的。后来，她的一个"降龙十八掌"把我推到床下，我摔得全身发麻。但同时我又觉得自己是不幸中的大幸：睡的是下铺，如果睡的是上铺，那我可要进医院了。我气愤地爬起来，用力拍她一巴掌，终于被我打醒了。我问她在干吗呢？她却说："我在练'降龙十八掌'啊！"原来如此。我跟她说："你练成了，刚才已经见识了，实在是太厉害了，佩服，佩服。"她终于知道是怎么一回事了，竟哈哈大笑起来，把整个寝室的人都吵醒了，她们不知发生了什么事，就说我俩是从精神病院出来的。我可真是冤死了。

她虽然是疯疯癫癫、神经兮兮的，但对朋友还是很好的。我是个内向的女孩，所以，每当遇到不开心的事，我就会闷在心里，却写在脸上。她那个粗心大意的人却看得出来。于是她就给我说笑话，我若仍然没笑，她就开始做怪相，还模仿各种动物的叫声，如猫、狗、猪等动物。看到她那副可爱的面孔，我情不自禁地笑了，有时还被她逗得开怀大笑。

有一次，我生病了，在寝室里躺了一天，她做了一些从来没有做过的事，打开水、打饭，还帮我洗碗、洗衣服。总之，那天她真是"服务周到"。虽然

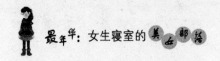

这些并不是什么大不了的事，似乎人人都能办到，但像她这种"马大哈"能做到如此细心，真的已经是很难得了。这让我很感动。

交了她这个朋友后，我也变得活泼开朗起来，开心的日子也多了。尽管她野蛮、粗野……但我认定了这个很坏的好友。

细雨飘窗：

把快乐与朋友共享，快乐就成倍增长；把烦恼与朋友共担，烦恼就能够减半。

青涩室友

刘 妍，16岁，中专生

在"卧谈会"上，我们全都露出自己的"本性"。每个人在寝室里都是一张白纸。有时候"卧谈会"开到十一二点，特别是每周星期五的晚上，或是在放长假的前一个晚上，那时我们寝室最热闹，那时我们班干抛开上"光荣榜"的包袱，大说而特说，虽然学校反对这样，但我们很少上"光荣榜"，优秀寝室照样争，这里面的"秘诀"无可奉告。

在一片青涩的新鲜中，来自五湖四海的友人在107寝室相聚。我们各自都面对着七张陌生的面孔，心里自然就拘谨起来。在几天的交往中，彼此仿佛揪住了各自的辫子。灵动的思维、古怪的心眼、同代的观念在缝隙中滋长，幽默、笑话随处可见。

一、有鼠自远方来

天气渐渐冷了，一只无家可归的老鼠住进了我们的宿舍，对这位贵客的光临，我们都欲斩草除根，以绝后患。室友们想到寝室的动物极为稀少，计划与它互不干扰，和平共处。没有想到这位"兄弟"第一个晚上便表现出惊人的"友好"，不但把书籍咬得千疮百孔，还把我们为明天准备的零食全部独吞了。更令我们忍无可忍的是，它吃完后，居然把从自己身体中排出的"某种东西"给我们留作纪念。

是可忍，孰不可忍。不在沉默中灭亡，就在沉默中爆发。室长同志号召紧急会议，商讨对策。室长在会议上慷慨陈词："现在老鼠不仁，我们也不义。

我们一定要齐心协力，一定要不怕牺牲，排除万难，去取得伟大的成功！"就在当天的中午正式向老鼠宣战。

室长花了一元五角钱买了一块奶油面包，放在柜子的角落里。八位壮士手拿着扫帚，眼睛扫视面包周围。只要老鼠一出来，便来个万棍齐下。

过了二十多分钟，仍毫无动静，不说老鼠，连蚂蚁都没有一只。这时，面包散发出来的香味令壮士们垂涎欲滴，心猿意马。又过了十几分钟，那家伙终于禁不住诱惑，从床底一个角落里鬼鬼祟祟地钻出来了！一对小眼睛，警惕地向四周打量，看没有动静，就溜到面包前，开始津津有味大嚼起来，这时，万根棍影落下，从不同的方向向老鼠当头劈下！霎时，室内一片鬼哭狼嚎：

"哎哟，我的脚！"

"妈呀，我的手呀！"

"眼睛长哪儿啦，咋把我当成老鼠打？"

室长则望着被踩成稀泥的面包惋惜不已："这么美味可口的奶油面包……可惜，真是可惜……"再看那老鼠，早已无影无踪了。

噢，我的天哪！

二、卧谈会

室友们每天一下晚自习就迅速回到寝室来，洗漱完毕各自睡在床上，闭着眼睛，张着嘴巴，竖着耳朵等待着"卧谈会"的开始。

"××学校××班，107寝室的'卧谈会'现在开始"。主持人茜说。

茜是我们寝室年龄最小、最活泼、最可爱，在会上最积极的一个。

在"会"上大家畅所欲言，有时候我们看到学校的某位"靓姐"听别人说她在学校怎么样，怎么样。由此为话题，说着笑着，不知怎么扯到了某位明星的头上了。

说到明星茜最感兴趣，她最喜欢帅哥，乖乖虎——苏有朋。有的室友不喜欢苏有朋，又想逗逗茜，就联手起来说苏有朋怎么怎么不好，可是她一点儿也不生气。却说："萝卜、白菜各有所爱。你们不管怎么说都不会动摇他在我心中的地位。"这话弄得我们哭笑不得。

在"卧谈会"上，我们全都露出自己的"本性"。每个人在寝室里都是一张白纸。有时候"卧谈会"开到十一二点，特别是每周星期五的晚上，或是在放长假的前一个晚上，那时我们寝室最热闹，那时我们会抛开上"光荣榜"的包袱，大说而特说，虽然学校反对这样，但我们很少上"光荣榜"，优秀寝室照样争，这里面的"秘诀"无可奉告。对于我们来说，每晚的"卧谈会"比中共中央开政治局会议还要重要一些。

细雨飘窗：

　　青春这玩意儿真是妙不可言，外部放射出红色的光辉，内部却什么也感觉不到。

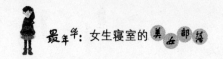

寝室小趣事

吕雪，17岁，中专生

　　其实，不是我们寝室闹贼，是因为有一次半夜听到前一栋楼的女生喊的，第二天晚上，我们寝室议论此事，搞得人心惶惶，睡觉之前把门窗都检查一遍，还在门后放了好几桶水。每人的床头都放一个衣架，我们还约好晚上如果有贼敢进我们寝室，就把他活捉，早上醒来全寝室第一句话就是"昨晚怎么没有贼呢"。

　　本人是410的寝室长，为了便于你看懂下面的文章，首先就由我来向大家介绍一下寝室的成员吧！

　　"文"是一个很有思想的girl，她脑子里装的全是故事，每天晚上我们都让她来讲故事。别误会，不是讲《一千零一夜的故事》，而是一些很感人的故事。

　　"慧"是个喜欢把自己的喜怒哀乐放在表面的girl，特别是心情不好的时候，就喜欢板着个脸（特别讨厌）。

　　"小晨"则是个特爱发脾气的小姐，嘿！发起脾气来真能吓死一头牛。（不过没试过）幸好她不是经常发脾气，不然我们这里的牛就要绝迹了！

　　还有几位同伴没介绍，等我再慢慢细说她们几位大人物，随随便便可不能提哦！

　　我们寝室呢，可以称得上是自己的房间，进了寝室特别轻松，东西乱放，一边吃东西一边聊天。因为只有自己的房间才会如此随便，不过，好景不常在，好花不常开，班主任发火了，各位只能老老实实、规规矩矩的喽。

　　在我们这个多缘体的寝室，经常遇到些小问题，比如——老鼠呀！有天晚上，我们寝室的"阿呆"小姐，发现一只老鼠在咬她的头发，她开始还不知道

是什么东西，一摸……大叫一声抓起老鼠往地下一扔，摔得老鼠吱吱地叫，但小老鼠皮厚肉多，怎么摔得死呢！溜了。

介绍一下本故事的主人公吧！"阿呆"小姐不难想到，因为她有时呆呆的，话说半天你还不知道她说些什么，叫她半天又没听见，不过人却是很好的。

女孩子喜欢坐在一起聊天，谈天说地，谈吃谈穿，像我们这些学美术的想象力更丰富，有两位室友突然说要把寝室变成小卖部，大张旗鼓地卖起东西来了。一听410有零食卖，我们班女生每晚都老往寝室跑，还够朋友，没去小卖部。开始只有一些小本零食，因为资金的增加、生意的扩大，寝室里有酸奶啦！鸡翅啦！口香糖、饼干……反正好多东西。为此我也苦恼过，每天晚上都要吃东西，停不掉的，本来已经很胖了，如果再长胖了怎么办？还不知班主任是什么态度。

慢慢地，外班女生都到我们寝室来买东西，有时都关门睡觉了，几个人跑来说要买东西，可怜的两位老板娘又要从被窝里爬起来找东西。

班主任有天晚上来查寝，看到满床都是零食，一句话也没说，使得我们更有勇气卖了。卖了快三个星期时，班主任终于发话了，叫我们把这批东西卖完后不要再卖了。因为学校知道后会罚款200元。200元呀！那还不把老本都赔了吗？我就和老板娘说了一下，没办法只好停止我们的"宏伟计划"，本来还打算以后向外推销，试试自己的胆量呢！看来没戏了。

嗯！想想还有什么有趣的事情。可能要算"抓贼"吧！看字眼似乎很过瘾。其实，不是我们寝室闹贼，是因为有一次半夜听到前一栋楼的女生喊的，第二天晚上，我们寝室议论此事，搞得人心惶惶，睡觉之前把门窗都检查一遍，还在门后放了好几桶水。每人的床头都放一个衣架，我们还约好晚上如果有贼敢进我们寝室，就把他活捉，早上醒来全寝室第一句话就是"昨晚怎么没有贼呢"。

说来说去还有一件特浪漫的事说，去年有一次看流星雨，晚上被别人吵醒了，本来冬天挺冷都不愿出去，但被别人的叫喊声拉出去了。包着棉被跑出去，好多人呀！男生寝室楼顶还有很多人在唱情歌，看着一颗颗流星在楼顶穿过。感觉好幸福，许了好多好多的心愿，但那些愿望都没有实现，不过看到那

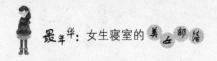

一次流星雨算是饱了眼福。

　　每个寝室都有属于自己的趣事，在一起的时光很少，要把自己的记忆封存好，那就是一张很贵重的画，画中有你和你那些同学的欢乐，请珍惜吧！

　　最后，还要介绍一个人，便是我，名叫雪，外号叫"猪头"，知道为什么吗？不说，这是我的秘密。嘿嘿！

细雨飘窗：
快乐的秘诀在于简单地生活。

一只爬虫和八个女孩

桂 薇，17岁，中专生

　　"啊——"又是一声高叫，是雨和莉。"怎么了，怎么了？"我们赶紧问。"虫爬下来了。"雨边说着边飞快地拿起一只鞋子往墙上打。这虫子倒挺精明的，它不明目张胆地爬，却在角落里爬行着。"在这儿，在这儿。"霞指着她床旁边的那个角落，一边喊着一边也举起了一只鞋子，可那只虫却不见了。

　　"我是一只小小鸟，想要飞呀飞不高……"

　　"你的爱情鸟它还没来到，我的爱情鸟它已经飞走了……"

　　"停停停，我们寝室什么时候出现了这么多的'鸟'啊？咱们这儿又没虫子。不过嘛，有鸟语就要花香，上哪儿找'花香'去啊？"璐的一句话逗得我们哈哈大笑。

　　"喂！上面的两位大姐，再笑，这床就成'危床'了，到时摔扁了，可别怪我没提醒你们啊！"正坐在下铺床边洗脸的莉，开玩笑地对正趴在床上笑的我和菲儿说。我和菲儿相互交换了眼神，正商量着怎么去"对付"她时，突然，眼睛定格在墙壁上的一小块黑地方，心里觉得纳闷：昨晚还挺白的墙壁上，怎么今晚有一个"污点"？我不禁瞧近一看，"啊……虫！"我大叫起来。菲儿一下子收回了笑脸，紧张得连一句完整的话都说不清楚了："虫……虫在……在哪儿？"我顿时也慌了神，因为那只虫子正顺着墙壁往我们俩这边爬了，"在这儿，在这儿……"我话还没说完，菲儿已经连滚带爬地往下跳了，一眨眼的时间，就钻到对面瑾的被窝里去了，推推正在听walk man 的瑾，颤抖地说："虫，虫……"关了walk man的瑾，一听说虫，从被窝赶紧

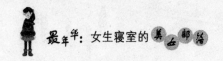
爬出来，边爬边喊："啊，虫，虫……"看到她们俩的窘态，我一时忘记了害怕，捂着肚子哈哈大笑起来。

刚从洗衣房里出来的婷，小心翼翼地碰碰在大笑的我，问："薇，虫呢？""啊——"我只顾着笑，忘记了就在离我不远的地方还有一只虫。听了她的提醒，我也吓得跑了下来。

"啊——"又是一声高叫，是雨和莉。"怎么了，怎么了？"我们赶紧问。"虫爬下来了。"雨边说着边飞快地拿起一只鞋子往墙上打。这虫子倒挺精明的，它不明目张胆地爬，却在角落里爬行着。"在这儿，在这儿。"霞指着她床旁边的那个角落，一边喊着一边也举起了一只鞋子，可那只虫却不见了。

最后，在那天晚上，我们寝室的人几乎都跑光了，跑到别的寝室去了。

事后，我们一提起关于爬虫的事时，都是哈哈大笑，特别是菲儿，笑得特别厉害："你们都看清了虫的样子，说实话，那只虫长什么样子我都不知道。"

"啊？"我们都面面相觑。

"哈——"一阵爆笑传出了我们寝室……

细雨飘窗：

　　笑声给生活带来甜美，使它像玫瑰园中的花儿一样芬芳。无论是多情的诗句、漂亮的文章，还是闲暇的快乐，什么都不能代替无比亲密的友谊。

午夜惊魂

徐 菲，16岁，初 三

这件事一传十、十传百，不到一个早晨的工夫，就闹得沸沸扬扬，大家一下子草木皆兵。

为此，我们寝室召开了紧急会议，大家迅速通过紧急情况一号决议。第一，临睡前不吃水果不喝水，免得起来；第二，若是不得不去水房，需两三人结伴。

这事还得从去年说起……

刚入学校不久的一个中午，豆豆的老乡薇子敲响了我们寝室的门。

"唉，你们知道108闹鬼的事吗？"天呀！有没有搞错，108不正是我们寝室吗？我们面面相觑。

薇子绘声绘色地讲了起来：以前这里是男生住，一天夜里，他莫名其妙地死了，死的时候身上穿着一件红马夹。

"这有什么可怕的？"豆豆不以为然。

薇子不满地叫道："听着，我还没讲完呢。后来，这幢楼改成了女生楼。有一天深夜，一个女生独自在水房里洗衣服，突然有个男人在问：'红马夹'要吗？她很奇怪，扭头一看，水房根本就没有别人，就以为是自己听错了。一会儿，那个声音又响了起来'红马夹要吗'。她吓坏了，颤抖着说'要'，然后这个声音就没有再响起。第二天，你们猜，怎么着？"

"她死了吗？"我紧张地问。

"对，"薇子压低嗓门，"她死的时候，身上穿了一件红马夹！"

"啊！"我们不约而同地惊叫起来。这个故事让我们胆战心惊。

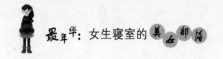

过了一个多月，就在我们渐渐淡忘"红马夹"故事的时候，风波再起。

"402也闹鬼了！"一大早，薇子就宣布了一条爆炸性的消息。

"昨天夜里，睡在南边上铺的一个女生突然被什么声音惊醒，她睁开眼看见一个白色影子站在北边下铺的女生床前，俯着身子摸索着。就像《聊斋》里的鬼一样，单薄得像个纸片，白褂子就像架在一副骨架上，飘忽忽的。她当时吓得'啊'地叫了一声，全寝室的人几乎都醒了，白衣人却消失了。哎，幸亏下铺那个女生睡得沉，要不然，不被吓死才怪呢！"

这件事一传十、十传百，不到一个早晨的工夫，就闹得沸沸扬扬，大家一下子草木皆兵。

为此，我们寝室召开了紧急会议，大家迅速通过紧急情况一号决议。第一，临睡前不吃水果不喝水，免得起来；第二，若是不得不去水房，需两三人结伴。

这一连几天，我都无法入睡，第二天一早眼睛成了"熊猫眼"，真是叫苦不迭。

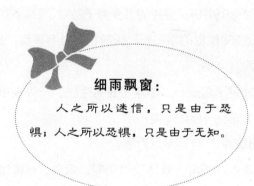

细雨飘窗：

　　人之所以迷信，只是由于恐惧；人之所以恐惧，只是由于无知。

女生寝室一二三

周伶俐，16岁，高二

女生并不是一定要做古人所认为的那种文静女孩，事实也并非如此。而我们总是显得那么自信而自豪。女生寝室的旋津，永远蓬勃欢欣，充满朝气。欢迎你有空来我们这里坐坐。

我们班的女生在形象上很一致，都是清一色的休闲上衣和牛仔长裤。

都说女生文文弱弱，永远文静安静，一副聚精会神的样子。能把自己管束得规规矩矩，不高声吼叫，也不乱跑乱闹。最大的特点就是爱哭。我们班的女生是不是也这样呢？那可不一定哦！女生寝室有趣的事儿可不少哦！

一

刚进这所学校还不到两个星期，我们班的女生差不多每个人都有了一个代名词。就拿我们107寝室来说吧，除了我"幽灵"以外，其他七个都是色的家族。这不，就有人嚷开了。

"色魔啊！打扮得这么漂亮，准备去跟哪位帅哥约会呀？啥时候为我们引见引见，看看你色魔的眼光怎么样？"走近一看，原来"色魔"正对着镜子把刘海儿左梳来右梳去，还一边愉快地哼着倩文的歌："……我的爱对你说一个故事，我的爱对你说一个现在……"色魔回敬道："是啊，色鬼，你怎么那么聪明，简直就是天才（天生的蠢材）。可惜的是，你太可爱（可怜得没人爱）了。"望着镜中的她，我好羡慕，难怪人们说只羡鸳鸯不羡仙。"姐妹们，我可没时间跟你们闲扯，不然，我的那位帅哥可要等不及了。"说完，一个潇洒的飞吻动作，就跳出了寝室。瞧，多大方。一会儿，我又成了色姐妹们的目标，她们好像是提前商量好了，一齐开口叫道："幽灵啊，你有没有看上哪位帅哥呀？老实交代！""我呀，有……才怪！目前还没发现我们班的哪位男生长得比较帅啊。""哦……"六个色姐妹一齐攻向我。

二

"哎，108的李××病了，你们要不要过去看看？"于是，我们又一起向108进发。"你咋又病了？""看医生了没有？""看病的钱够不够？""多穿点儿衣服。"唉，嘘寒问暖，真让人感动，连我都快要流泪了。我每次去查寝之前总有人说："哎，幽灵，把色狂的厚衣服穿上，晚上外面冷，小心着凉。"虽然是几句极普通的话，每次，我却都要回味好长时间，有一种幸福感。我们这些女生总是那么爱心十足。只要有哪一个女生被男生欺负了，我们定会全力以赴，帮她策划报复坏男生的计谋。

我呢，有个爱得罪人的官职。这段时间以来，我记了许多女生的名字，也骂了许多女生，甚至还和几个女生吵过架。可她们却从没有因此而怀恨在心。不为小事斤斤计较是我们班女生的特色。

三

铃声一响，原本灯火通明的学生生活区便完全融进了黑暗中。

突然，听得上铺的色魂一声尖叫："有鬼啊！"我抬头一看，果然看到窗户上有两只爪子一样的东西一伸一伸的。这时候，整个寝室陷入了恐怖之中。

"会不会是贼？"我胆战心惊地问。"不像，好像只有四个手指。"色鬼虽然胆大，却也不敢前往窗台侦查。"会不会是僵尸？"昨晚在家里刚看过《我和僵尸有个约会》的色魔猜测道。

啊，好可怕，怎么越说越悬。我们不约而同地将被子蒙住头。虽然我看不见同伴，但我相信，她们一定和我一样吓得在被窝里瑟瑟发抖。

大约过了一刻钟，听到色魂说了声："鬼怪不见了。"大家这才大起胆子，钻出被窝。果真不见了"鬼"的影子，总算在忐忑不安中囫囵睡了一觉。

但我们又不太相信世上真有什么鬼怪，于是四处打听，终于查明真相。原

来，所谓的鬼手竟是隔壁的芬，为了应付体育考试临时抱佛脚，苦练广播操时伸上来的"爪子"。

女生并不是一定要做古人所认为的那种文静女孩，事实也并非如此。而我们总是显得那么自信而自豪。女生寝室的旋律，永远蓬勃欢欣，充满朝气。欢迎你有空来我们这里坐坐。

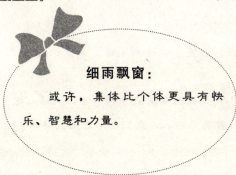

细雨飘窗：

或许，集体比个体更具有快乐、智慧和力量。

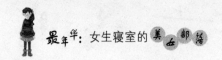

快乐106

刘文芳，17岁，中专生

> 我们寝室，你可别小瞧，单我们那次"106联欢"就意趣无穷。
>
> 小艳是我们寝室最小的一位，人矮心眼多，也颇有见识，她毛遂自荐当主持人，我们也同意她的要求。

带着渴望，带着期盼，怀着欣喜，怀着向往，我踏进了这所迷人的学校，分进了106寝室。

寝室里只有四个上下铺，共住八位姐妹。怎么去装扮我们的家呢？刷牙杯不仅要排整齐，而且里面的牙刷和牙膏也统一向右靠，洗脸盆也统一向左倾斜，这给人一种艺术美的感觉。洗脸毛巾与自己洗澡毛巾相对，而且每个人的东西都有固定的位置，这样避免了我们拿错东西后的一系列的麻烦。被子要求叠成豆腐块，床单铺得又平又滑，姐妹们都各自显示出自己的手巧，用旧挂历串联成的门帘，既美观又实惠。

我们寝室，你可别小瞧，单我们那次"106联欢"就意趣无穷。

小艳是我们寝室最小的一位，人矮心眼多，也颇有见识，她毛遂自荐当主持人，我们也同意她的要求。

哦，要说一句，最矮的算小林。她身材矮小，清瘦的脸庞上镶嵌着两只机灵的小眼睛和一张小嘴，越发显得小巧玲珑。因为身高差不多1.41米，所以我亲切地称她为"根号2"，她也把肩一耸——乐意接受了。

好了，不容我多说，有"辣妹子"之称的茵茵已亮开嗓门："我现在的家在武穴，这一带我熟悉得很。如果你想领略一下田园风光，我当向导准没问

题。""我来自蕲春一个小山村，那里的山不高不矮，水不深不浅，但我深爱我的家乡，我注定要落叶归根，投身于家乡的建设。"一听就知道是个多愁善感富有内涵的女孩，她就是小芬。根号2果真来了个出乎意料——跳儿童舞蹈，她说："我的性格就像小白菜一样活泼、天真，希望大家都能成为我的知心姐妹。"在灯光的映衬下，穿着白裙子的根号2跳着，两个高过头顶的辫子有节奏地一甩一甩，给人一种她就是自己家中小妹的亲切感。

接着真正的舞蹈家倩倩，独舞"恰恰"，文质彬彬的小娟，取下眼镜来了一套极精彩的少林拳，还有伍珍……这些精彩的表演使大家耳目一新。

最激烈的要算大家夸家乡啦，话音还未落，小林便插上了："我来自蕲春茅山，大家知道，蕲春有四宝——蕲蛇、蕲竹、蕲艾、蕲龟，其实蕲春有五宝，最后那一宝就是茅蟹——茅山的螃蟹。茅山有青山绿水，更有欢迎你来茅山做客的热忱的人们。我随时对你们说'Welcome to my home'。""咳咳"，辣妹子茵茵上场了："我是武穴人，但我的老家在黄梅，所以我充分吸收'武梅'两地的精华，我会教你们唱黄梅戏——声明一句，拜师费可得在你们发财后补下来哟！"好个拜师费，好一句似武穴非武穴的黄梅"杂话"……我们谈理想、谈人生、谈社会，总之，那晚，我们好开心、好充实。

为了探索与追求，我们辛勤地耕耘，我们都会翱翔于未来的日子里，将106永远地铭刻在心间！

细雨飘窗：
　　彼此理解得越多，也就越容易加速友谊的进展。

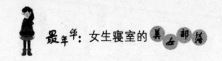

108二三事

许杨杨，16岁，中专生

> 寝室里，一半人感冒了，一半人却没有，刚好是平均分配，不多也不少，简直就是命运的安排。
>
> 到了晚上，大合唱便开始了，于是没感冒的四个人终于忍不住了，小声说了一句"请问，可不可以小点儿声"，便没说话，可是话音刚落，大合唱仿佛进入了高潮……唉！真没办法。

女孩的世界永远美丽，秋天女孩在树林中散步，梧桐秋雨也成了歌唱，冬天，女孩在花园中舞蹈，枯萎的花也一一怒放，女孩有太多的幻想、太多的思念、太多的期盼，静静地走进仅属于自己的开阔地，那里有一条秘密的小径，面对一朵朵含苞欲放的花朵，含羞的面孔便绽开甜美的笑容，下面请跟我一起深入那一片未开垦的处女地，你一定会受益匪浅。

一

"呜呜，他什么东西呀？凭什么这样对我？呜呜……"顺着哭声寻去，原来是我们108的小活宝趴在床上抽泣，虽然我身手不怎么样，而且一看就不是打架的料，唉，要问为什么嘛，只能怪我的长相，人家一见到我就会不由得想到"弱不禁风"这个词语。唉，我们女生就是命苦呀！我想减肥呢（嘻，再减那就不叫人啦），人家都叫我为猴子小妹啦，唉，转正题吧！虽然我不是女生中的头头，但最最起码的路见不平、拔刀相助的道理还是懂的。

"小活宝，咋啦，谁个这么大胆，欺负到我们108来了，快告诉我，哼！看我怎么收拾她！"边说边拂起衣袖，像马上要去打架的样子，再加上我的大

嗓门，使寝室门外突然伸进一大群黑乎乎的脑袋。"哼，看什么看，没见过人伤心呀，去去去。"大活宝不耐烦地赶走了门外的骚扰者，"啪"的一声关上了大门。

"我可怜的小活宝呀，你倒是开口说句话呀，别在那像个什么似的，搞得人家以为明天就是世界末日似的！"我迫不及待地大声对她吼道。大概是因为我的吼声吓住了她，也许是有别的原因，小活宝停止了哭声，于是我同情地看着她说："小活宝，有啥委屈尽管说出来，憋在心里会憋出病来的。""是呀，是呀。"大家在旁边随声附和道。只见她双眼通红，不紧不慢地说："他……他……他竟说我长得难看，呜……呜，他什么东西呀他……将……"她还在那儿哭着，留下了一个想路见不平、拔刀相助的猴子小妹，唉，原来就这么回事，我还以为……

二

天，阴沉沉的，都几天没见太阳公公了，说实话我们都挺想它的。

因为是阴雨天，感冒的人特别多，所以我们一个个从花季少女变成了八九十岁的老太婆，从黎明一直咳到黄昏（不可思议吧）真让人受不了，特别是半夜，寝室里的一个个就像搞大合唱似的，你咳完了我咳，我咳完了你咳，一个接一个，此起彼伏，而且一个比一个厉害，声音一个比一个大，想睡觉，那简直就是天方夜谭，遥不可及。唉，没办法，反正明天早上要做操和跑步，趁那个时间打一下盹。

寝室里，一半人感冒了，一半人却没有，刚好是平均分配，不多也不少，简直就是命运的安排。

到了晚上，大合唱便开始了，于是没感冒的四个人终于忍不住了，小声说了一句"请问，可不可以小点儿声"，便没说话，可是话音刚落，大合唱仿佛进入了高潮……唉！真没办法。

到底还是人间有真情，那四个人到底还是每天晚上坚持听着108的四人奏的大合唱。

"咳"，你别说，108的大合唱又将开始了。

三

"丁零……"终于熬到了下自习，告诉你，下了自习以后，寝室是超级热闹，要问为啥，唉，一个字，"忙"呗！每天都忙，忙得连上厕所的机会都没有（夸张了点儿吧）。唉，还是转入正题吧！

今天一下自习，寝室一群女友便叽叽开了，你谈这个，我们都随你谈，"咳"，刚转入正题，不知是谁打开了警笛，咳了一声，立刻，寝室里由闹市马上转变为郊区，原来是幽灵（女生委）站在黄金点上（窗户旁边）透视寝室，"嘟"的一声所有的灯都熄了，于是我们趁幽灵走的工夫，便又开始闹了起来。

"唉，知道吗？小林又换对象了。""是吗？"一个问句又一次激起了大家拭目以待的兴趣，谈完了这个话题，马上又静了下来。"唉，想知道班头的一些小秘密吗？"可以说这是我们最感兴趣的话题。你还别说，熄灯以后谈一些我们感兴趣的话题，真是人生之一大享受；话题仿佛没有尽头，一个接着一个，到了11点了，还不想睡觉，而且兴趣越来越浓，不知为什么，我总觉得黑暗中似乎有个人影，但我当时以为是我眼睛看花了，就没对她们说，但为了壮胆，我拼命地大声说话，使恐惧消失在九霄云外，就这样过了一个晚上，第二天在班上，只听班头说："昨天晚上，我在某某寝室外站了一个晚上，她们一个个的嗓门都像高音喇叭，特别是某某同学，在这里要提出特别批评的是这个寝室的所有同学。现在，我要交给她们一项艰巨的任务，做我的保镖，两个人轮流来。""妈呀，这是什么惩罚吗？这不简直是虐待少女吗？不行，我抗……"马上班里就像一锅刚煮沸的粥，吵得不得了。

"停"，一阵狮吼般的叫声止住了即将爆发的吵声，停下一看，只见"四眼"（班主任）满脸通红，四眼圆鼓地瞪着我们："你们都给我听好了，所有的命令必须认真执行，否则有顿竹笋炒肉吃，边说边敲了敲桌子（注意：用的是"竹笋"）。

"当保镖最起码的三条，请听仔细了：（1）我到哪儿你们必须跟到哪儿；（2）不许有抱怨；（3）不许有任何的不满。好了，下课了，有不满的话，请自己出来跟我说。"

虽然都有不满，但我们还是没胆量去惹他，一旦把四眼的牛脾气惹发了，

那可不是好玩的事，唉，还是乖乖地当保镖吧！只要下课或放学或下自习的铃声一响，我们必须有两个女生跟在四眼的屁股后面，唉，真想踢他两下。

天呀，你不公平呀，为什么不去打击一下四眼，寝室里传来悲惨的叫声。

细雨飘窗：

理解是最珍贵的品质。

疯狂小屋

柴吉，16岁，中专生

　　再接下来，故事便落入俗套，什么？你不懂？唉，分手呗，理由？废话，当然是"学习第一，恋爱第二"了。不过啊，这样也好，因为"疯狂小屋"又恢复了以前的生机，这不，小屋里又是尖叫声一片了，对不起，我得去参加了，Bye－Bye！

　　"啊"，一阵尖叫划过夜空，不由使人毛骨悚然。寻声而去，原来出自"疯狂小屋"。话说疯狂小屋，是由八位机灵古怪、清纯可爱、多愁善感、幽默搞笑的姐妹组成，平时这里欢乐不断，欢声不断，音乐不断，可是今天……

　　"唉"，伴随一声长长的叹息和床板"吱吱"的响声，上铺的阿姐——素有现代刘三姐美称的三姐又翻了个身，这已经是第十次了。噢，也许不对，因为刚才那声尖叫已经把我吓昏了。不过，这三姐有难，小妹，我怎么可能不帮呢。于是，我爬上去，谁知三姐又是一阵叹息。

　　"噢，怎么了？再这样下去，你明天可得多带点儿钱了！"

　　"嗯，啊？什么意思？"

　　"你以为你好轻啊，把我压死了咋办？"

　　"哦，唉！"

　　咦，好怪呀，平日的"刘三姐"可是"歌不离口，曲不离手"的呀："哎，三姐，你怎么了？"

　　"唉——不知道什么时候起，开始喜欢那里，每个夜晚都会去那里看他，他长得那么英俊，叫我不能不想他，看不到他，我就迷失了自己。"

　　"哦，怪不得呢！原来被丘比特这个歪靶射中了，now, tell me, what's

the boy，s name？"

"他在我前面左边的左边的前面，他今天穿了一套黑色西装，样子好帅哦！"

"哇噻，不会吧！是杰，他可是全班公认的冷面杀手啊！oh，愿天主保佑你，阿门！"

第二天，这一重要情况果然成了小屋日常会议的主题（小屋里从来就没有秘密）。诸位姐妹纷纷表态，要助她一臂之力。果然，几日后，他俩的关系日趋笃厚，而且天公作美，他俩傍晚成了同桌，于是乎，"你问我爱你有多深，我爱你有几分，我的情也真，我的爱也真，月亮代表我的心。"便成了小屋的主题歌曲，偶尔也有一些伤感音符在跳动。

转眼间，一个多月过去了，老班又要实行他一月一度的计划——调位。这次，老天可没开眼，三姐调到了一组，而杰留在了四组。正在这节骨眼上，我听到了一个惊人的坏消息——杰喜欢兰，一个性格极其开朗的女孩，而且现在正是"郎有情，妹有意"。

下自习了，我得跟紧了三姐，因为她整个自习都恍恍惚惚的，我还真怕她出点儿什么事。一路上，她一直沉默不语。"三姐，我料你现在很受伤，很受伤，很受伤，大不了痛哭一场。日子要过，路还长。"可她还是沉默，沉默，再沉默。终于，寝室到了，只见她一脚踹开门，接着："你为何想别人，对我如此冷漠，让我心酸让我痛，你为何这样无情，留下全是伤悲，让我独自去忍受，你为何移情别恋，不顾我的感受，让我心碎让我后悔……"再接着，便是泪如决了堤的水。唉，我可怜的三姐啊！

我本以为这件事之后，三姐会一蹶不振，谁知……

"看"，我顺着"帅哥"指的方向看去（哦，忘了介绍，"帅哥"在小屋排行老六，因其头脑极短，常着一套运动装，所以美其名曰"帅哥"），原来，三姐正和另一位帅哥走在同一"屋檐"（伞）下，而且样子蛮亲昵。于是乎，这一情报，又成了这天的日常会议主题。原来，这位帅哥暗恋三姐已很久了，近日来，观察到了她的异样，因此，他乘虚而入，占据了三姐的芳心。因为三姐说过"要想忘掉一个人，最好的办法就是再找一个"。再后来，她和他便经常出双入对。

　　有一日，我忽然决定改善改善饮食，于是到商店买了一个大大的、肥肥的鸡腿，准备拿到寝室享受。到了寝室，却见三姐坐在床上，着实吓我一跳，因为此时正是"进食"的时间，平常的此时，她应该和帅哥在一起用餐呢。等我再看三姐时，只见她两眼发着绿光盯着我的鸡腿，忽然蹦下床，连鞋都不穿，跑到我面前，一口一声："小妹啊，小妹啊。""唉，看来，我是注定要互吃了。"话刚落音，只见鸡腿已被消灭了一半（嘿嘿，几口而已）。"啊"，刚进门的大姐、二姐被她这副"饿狼"模样吓得一愣一愣的，忙拉住她："你家闹鼠灾了？（没粮）"说话间，鸡腿已成了三姐的腹中物，这时，她才打着饱嗝慢慢说来。原来，这位帅哥吃饭的速度极快，每次吃完，三姐还未消灭一半，又不好意思自己吃着，他看着，所以就便宜了学校里那几头大肥猪。话罢，再定睛看三姐，她果然瘦了一圈。"哇，原来减肥如此简单，看来，我也要试它一试了。"这说话的当然是我——小九妹了。

　　再接下来，故事便落入俗套，什么？你不懂？唉，分手呗，理由？废话，当然是"学习第一，恋爱第二"了。不过啊，这样也好，因为"疯狂小屋"又恢复了以前的生机，这不，小屋里又是尖叫声一片了，对不起，我得去参加了，Bye-Bye!

细雨飘窗：

　　青春最美丽，友谊最美丽，我们最美丽。

动感 "109"

吴　畅，17岁，中专生

　　床边的二姐被她的样子逗得哭也不是，笑也不是，只有一个劲儿地叫着："老八，你气死我了，看我怎么疼你，看我怎么疼你。"说着就跑到老八的床边，用手指直戳老八，戳得老八直喊："救命，救命啦，二姐饶命，小妹下次不说了。"同寝室的人都被她们两个逗乐了。

　　"池塘边的榕树上，知了在声声地叫着夏天，操场边的秋千上……""咦，是谁这么早在这里又唱又闹的，真是烦死啦，真该去上刀山下火海……"仔细一听，哦，原来是109寝室的几个疯丫头又在"大闹天宫"了。

　　说起她们疯，那可是一点儿都不假，别看每天在教室里个个正襟危坐，可一到寝室，她们可就不是这样了，想怎么乐就怎么乐，不信啊？你瞧——

　　跑在前面的是谁呢？哦，那是大姐，她手里拿着一封信在高声地叫喊着，后面追来的是一个很特别的丫头，一头秀美的乌发，从上至下，直垂到腰际，漂亮的脸蛋上还配着一副"三百瓦"的眼镜儿，自称国家一级保护动物——熊猫，在109排行第二，你可别小看了这个丫头，她可是最活泼、最调皮的一个，109的全体成员无不对她佩服得五体投地，不信啊，你看——

　　"大姐，等等我，妹妹有话对你说，不是我太吝啬，而是秘密太多……大姐，大姐，大姐等等我！"眼看快被"熊猫"追上了，只见大姐向旁边一闪，"熊猫""叭"的一声扑在了床上，"呜呜……"地哭了起来，这下109都安静了下来，大姐早被吓坏了，怯怯地走到床边："还你，不要哭了，我不是故意的。"还没等大姐说完，"熊猫"就从床上一股脑地爬了起来，伸手就想抢信，可是没想到，其余的几个丫头比她更狡猾，伸手便从大姐的手中拿到信，气得二姐坐在床上又是龇牙又是跺脚的，同寝室的人都被二姐的样子逗得直笑。

抢信事件终于告一段落，也不知过了多久，从门边传来："你为何想着别人，对我如此冷漠，让我心酸让我痛，你为何这样无情……""哎，又是一个多情种子。"不知谁叫了一声，大家都来了兴致，跑到门边侧耳听着，在床上的二姐听了这话，一个"鲤鱼跳龙门"，蹦了起来。"咚"的一声响，大家还不明白发生了什么事，二姐号啕大哭了起来，还喃喃地说："死床板，臭床板，你去死啦！撞到我也不说声对不起，真没礼貌，下次如果遇见你……""唉，怎么了'林妹妹'，不会你的青蛙王子也抛弃了你吧！""没有，没有啦！""那是为什么呢？""哦，我明白了，刚才你一定是被板先生强迫了一下，对吧！来，让我瞧瞧，哇，不会吧！那么大的一个疱疱哇，如果下次我也有这样的机会，我一定会幸福死的。oh，这是一件多么浪漫的事情啊！"说话的是老人，她是109最小的，也是最可爱的一个。看，说完还忘不了做出一个充满幻想、充满期待、充满甜蜜的姿态向后边的床上一倒，去想她的"美梦"去了。

床边的二姐被她的样子逗得哭也不是，笑也不是，只有一个劲儿地叫着："老八，你气死我了，看我怎么疼你，看我怎么疼你。"说着就跑到老八的床边，用手指直戳老八，戳得老八直喊："救命，救命啦，二姐饶命，小妹下次不说了。"同寝室的人都被她们两个逗乐了。

"嘘"，大姐将食指放在两个嘴唇的中间，示意里面的人不要说话，同寝室的人都会意了，蹑手蹑脚地来到门边，这时歌声不知什么时候已停止了，抬头向外一望，站在门外边的不是别人，正是寝室的老三，只见她泪流满面、目光呆滞、魂不守舍的样子，大家惊呆了，"哗"的一下打开了门，而她却一点儿反应都没有，只是眼泪像刚下过的小雨一样连绵不断，像一粒粒珍珠似的，一个劲地往下掉，109的室员看了个个悲从中来，都为老三那"楚楚可怜"的模样心痛不已，大家都招呼着老三过来，忙前忙后的。老三看到姐妹们都对她那么好，不由得更是泪如泉涌，她边哭边喊道："去死吧！没有你，我照样能行！"说完，立即由"大雨转晴天"了，而且温度还直线上升呢！同寝室的人

看起来无不高兴，无不赞同，霎时间109又回到了从前，不信，你听——

"我们在这里跳舞，在这里开怀，说一说理想，说一说未来，不要再徘徊，不要再等待，美好的前程永远等你来，唉依唉依呀，我们大家一起来……"

细雨飘窗：

用我们年轻的心，回应那时代的名唤，友爱将扫去各自的冷漠，带来春的温馨。

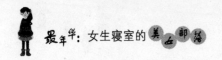

寝室惊魂

张莎莎，16岁，中专生

大部分人"浪受伤"。只有小新侥幸逃过一劫，就是衣服被撕破了，恐怕她要买新的。看着鼠老兄躺在地上，一动也不动，仔细一瞧，眼睛还睁得大大的，像死不瞑目的样子，大家又看着各自体无完肤的狼狈相。只好"化悲痛为笑脸"了。

"啊，妈呀！"小新尖叫一声，把姐妹们吓了一大跳。

我们都凑过去瞧，只见她双目紧闭，昏倒在地。大家都急得像热锅上的蚂蚁，心里如十五只吊桶打水——七上八下的。

"赶快做人工呼吸呀！"小白让大家让出一个空位置。只见她中指、食指夹着大拇指，往小新丹田穴一按。

小新"嗖"的一声，起来坐在地上，神色恍惚，嘴里蹦出两个字："老鼠。"顿时，窄窄的寝室像原子弹爆炸，大家吓得尖叫起来。不知哪位跳了起来："哪儿啊，哪儿有老鼠？"

"早跑了，你们这么一号，那家伙肯定胆吓破了，这会儿跑得'雾里不见烟了'（没办法，小白平时讲方言，从不讲普通话的）。"

可是，次日中午，寝室概况都大有改变，风新买的"时尚休闲服"成了时下流行的"野性乞丐装"，更为大煞风景的是，小新的奶油蛋糕变成了"残花败柳"，那朋友还不忘留下一点儿纪念——几颗污秽物。还有文、静、珊的衣服都轻微被折磨过。

大家都气得肺快炸了，尤其是小新，她大言不惭地说："老鼠，你要是落在我手里，我非把你剁成肉酱，让你死无葬身之地！"

大家"哄"的一声，大笑她不自量力。

小新觉得挺不好意思的，脸刷地红了，却装出一本正经的样子说："不要笑了，我们该想个办法对付这个令人咬牙切齿的东西！"

"怎么对付呢？"小白装作不疼不痒的腔调说。

"我们可以买个老鼠夹。"

"要夹不上老鼠，别把自己的脚给夹一下。"

"那买一包灭鼠药吧！"

"得了得了。现在的鼠药药性不高，那老鼠东跑西跑的，把我们吃的东西污染了，我们自己可能被毒死了。到时候，开个追悼会，悼词说：'某某同学，因灭鼠而误食毒药导致花落黄泉……'那还不让人笑掉大牙。"

"可是我们就任它逍遥自在？"

"办法不是没有，但是……"小白若有所思。

"但是什么呀，别装腔作势的。"小新不耐烦地嘀咕一句。

"大家都知道，'美人计'是从古到今都不过时的绝招。那些所谓的英雄，不论胆识如何过人，气焰有多嚣张，却逃不过'沉鱼落雁、闭月羞花'之貌的美人，俗话说：'英雄难过美人关。'我们也可以借鉴一下。"

说着，小白在大家耳边嘀咕一阵……

这天晚上，没有风，月光皎洁。寝室里静悄悄的。如果以往，熄了灯，吵闹声还不停歇。此时，一根针掉在地上的声音也听得见。大家都窝在下铺的床上，大气儿也不敢出，全神贯注恭候老鼠先生的出现。终于，功夫不负有心人。

"吱——"大家心中一动。只见一只全身灰毛夹着大尾巴的家伙出现了。两个灰溜溜的眼珠左顾右盼。想必是蛋糕的香味把它诱过来的。她发现了。慢慢地，一步一步挪到美味前。大家认为时机到了，可是小白却使了一个眼色，让大家不要轻举妄动。

这家伙像有透视眼一样，小白给大家使了一个眼神后，它竟然跑开了。

这时候大家心急如焚。

还好，那家伙果然经不住蛋糕的诱惑，无法抵挡它的香味，又偷偷溜到蛋糕前，用那脏兮兮的爪子捧着蛋糕，正美滋滋地享用呢。它彻底地被蛋糕征服了。

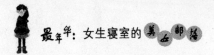
就在那千钧一发之际，大家一拥而上。

顿时，棍棒声、击打声、叫骂声、尖叫声、撕扯声，真是"无所不有，应有尽有"呀。

结果，不可思议。人鼠——两败俱伤。

大部分人"很受伤"。只有小新侥幸逃过一劫，就是衣服被撕破了，恐怕她要买新的。看着鼠老兄躺在地上，一动也不动，仔细一瞧，眼睛还睁得大大的，像死不瞑目的样子，大家又看着各自体无完肤的狼狈相。只好"化悲痛为笑脸"了。

大家终于松了一口气，脸上洋溢着胜利的微笑。因为我们战胜的不仅是一只老鼠，而是自己的勇气。大家由害怕老鼠到鼓起勇气打死老鼠，是一个过程。从那以后，寝室再也没有出现过老鼠，大家都不用担惊受怕，就算有，只要我们齐心协力，一定会战胜它。不过这还多亏了那只命送黄泉的老鼠，它成了我们战胜缺点的牺牲品。在此说声"I'm sorry"啦！

细雨飘窗：

只要我们热爱生活，一切都在情理之中。

我们的天堂

兰 娟，17岁，高三

在我们这个妖魔鬼怪都具有的寝室里，矛盾是必然有的，但更多的还是欢乐，还是友谊。在这里，新的一天会有新的奇迹。她可以称得上是我们的快乐大本营。

寝室就是我们的天堂，在天堂有个"小精灵""小不点""魔鬼""妖女"……可能你会觉得奇怪，天堂里怎么会有魔鬼和妖女呢？这些都是我们寝室室友的外号。寝室就是我们的快乐大本营，在这里我们一起欢笑过，一起悲伤过。

全体出动打老鼠

"呀，老鼠！"随着这一声惊叫一看，一只老鼠正鬼鬼祟祟地往前跑，两只眼睛正滴溜着。"姐妹们，拿起武器，保护我们的权益，让我们来打老鼠！"寝室长一声令下，全体寝室女生有的拿起鞋子，有的拿起扫帚，有的拿起竹竿，还有的拿起铲子。我们分守在各个岗位。"出去！"我们赶快行动，这一追，那一赶，"樱，快跑，老鼠跑到床底下去了，快拿竹竿打……"啪啪，又是一阵咚咚，一阵手忙脚乱之后，那只老鼠终于被我们打死了。我们共同庆祝胜利，唱啊，跳啊。

一人忧来全"家"急

别看我们平时总爱斗嘴，但我们中如果一人有困难时，那些"大姐""小妹"还是会帮忙。阿芳的开水瓶被人强拿去了，晚上，当阿芳闷闷不乐地回到寝室时，全体寝室女生马上问长问短。了解到事情的缘由，"小魔女"马上愤愤不平地说道："妈的气死了，凭什么她们拿你的开水瓶，自己的开水瓶不见了，还好意思要别人的开水瓶，学生会主席有什么了不起！""是啊！明天去要回来！"小妖女答道。不过第二天，开水瓶还是没有要回来，原因是我们没有证据，但我们也的确让她们尝到了我们的厉害。

关键时刻见"真情"

"又是谁在吃瓜子，把瓜子壳扔在地上！"室长呵斥道。"没关系，反正明天早上就扫地……""小不点"不慌不忙地回敬道。无奈，寝室长只得自己拿起扫帚，将瓜子壳扫干净。像这样的情景在我们寝室里可算是"屡见不鲜"，几乎弄得寝室长要辞职。但是到了该认真的时候还是非常认真，刚才说的那些事只是在星期六、星期天发生，星期一至星期五就看不到一片果皮纸屑，连"小不点"也争取将自己的被子叠得最好，在每一次学校评比中我们这个寝室次次被评为优秀寝室，怎么样？够棒的吧！

一个寝室就是一个浓缩的社会，在这里演绎着人生的悲欢离合，在这里我们曾经吵过，曾经笑过，曾经手挽手一同进步。

在我们这个妖魔鬼怪都具有的寝室里，矛盾是必然有的，但更多的还是欢乐，还是友谊。在这里，新的一天会有新的奇迹。它可以称得上是我们的快乐大本营。

我爱你，我的家，我的天堂！

细雨飘窗：

以心相交可以获得很多朋友，

以情相交可以获得更多知己。

107寝室的一条怪蛇

李超英，16岁，高一

放学了，我寝室几位姐妹都不敢一个人先走，等几个人到齐了再走，到寝室里大家洗漱完毕，就到了我们寝室每晚必需的"卧谈会"，不用说这次"卧谈会"一定是围绕白天那条奇怪的蛇来展开的。果然，等检查的人走后，只听见普通话问："你看见今天那条蛇，怕不怕？"

那天，我回到寝室，看见寝室门口聚满了人，像是发现了"新大陆"。于是，我边走边说："姐妹们你们在这儿开什么会呢？怎么把胖子弄哭了？"刚说完，寝室的普通话就把我拉到一旁说："我们寝室有一条蛇，它在胖子的床边（墙上）。"我说："这应该不是真的吧？""不信你自己去看。"我和笑星走到寝室门口，噢！怎么这么多人看，我走过去说："请你让一下。"这时，我寝室门口的人越来越多，我便一个人带头进去，走到胖子床边，四处张望，并没有看到蛇，便充满狐疑地问："蛇在哪儿？""在床上。""床上没有啊。""在墙上。""墙上也没有啊！"

这时，普通话进来把我拉出来，我说："把管理员叫来。"刚一说完，管理员就来了，手上拿着铁圈走进来，三下五去二就把那条蛇给解决了，这下给我们寝室解决了一个难题，我想今晚又有谈的话题了。

下午和晚上的几节课，也不知道时间怎么过得这么快。放学了，我寝室几位姐妹都不敢一个人先走，等几个人到齐了再走，到寝室里大家洗漱完毕，就到了我们寝室每晚必需的"卧谈会"，不用说这次"卧谈会"一定是围绕白天那条奇怪的蛇来展开的。果然，等检查的人走后，只听见普通话问："你看见今天那条蛇，怕不怕？"

"不怎么怕，因为那时我没有看见，再说死了，就更不用怕。"我说。

"你知道那条蛇是什么样子的？"睡在我下铺的老五说。

"不知道，只听见说蛇我就怕，还谈得上去看蛇长得什么样？"左下铺的大姐说。

"同志们，现在听我说一个问题，你们谁知道蛇是怎样来的？"睡在大姐对面的笑星说。

"Sorry，I don't know！"我们齐声说。

"那就猜想一下！"笑星说。

"好啊，我先猜，我想这条蛇是从下水道爬进来吃老鼠的，因为这儿老鼠多，胖子又喜欢吃零食，根据生物链原理。"我说。

"我觉得那条蛇是闻到什么味儿，所以跑到胖子的床上（墙上）。"左上铺的歌星说。

"也许是我们学校的环境好，到处是树、花草，像这样的动物比较多，导致它找不到东西吃，所以从窗户爬进来找东西吃。"睡在我对面的普通话说。

"我们这儿也许有其他的动物，它爬进来跟它们玩，也跟我们玩，因为这条蛇毕竟不是一条毒蛇，你们没听说过蛇也是人类的好朋友吗？"七仙女说。

"胖子，你怎么不说话了呢？"我问。

"她睡着了，因为白天那条蛇把她吓坏了，所以我们舌战，她只好睡觉。"普通话说。

同志们，现在我们也该睡觉了，明天晚上再谈，晚安！

细雨飘窗：

在真实生活中，严肃的事和琐细的事，可笑的事和痛苦的事，注注交织成奇妙的旋律。因此，作为生活镜子的悲剧，必须给喜剧的幽默留有一席之地。

第八条白裙子

周凤娟，17岁，中专生

我们说到做到，每天课余时间到食堂打扫卫生，还有两个餐馆也包括在内。我翻了翻日历，离婉儿的生日还有七天的时间。我们想在这最后的七天里，多赚些钱，彼此都更加勤奋了。

一天天地过去了，屈指一算，也快有一个月了吧。数数手里的钱，刚好整整三百元，这些钱足以给婉儿买一条裙子了。

我们寝室七个女生都是来自城市，只有婉儿是乡下来的。她在我们寝室排行第五，我们有时候叫她"五妹"。

进入初夏的一天，同室的雅文从街上买回一条洁白的连衣裙。我们几个女孩子一下子围上去，又捏又揉，争着试穿，个个都看得眼红。晚上，我们几个都想着那条裙子，七嘴八舌地议论着。最后，寝室长决定："现在我们开一个卧谈会，刚才我想了大半天，我建议我们寝室每个人都买一条……"

"对呀，如果我们八个人都穿上一色白裙子，走在校园里，不迷死几个帅哥才怪呢！"平时最爱漂亮的老大姐蔡瑜插嘴道。

"我同意！"寝室的姐妹们异口同声。

"好，既然我们都同意，下星期开始行动。"

"哎，老五，你呢？"我对着婉儿说。

"我……不知道。"婉儿半天才吐出四个字。

第二个星期，寝室便有了七条同样的白裙子。只有婉儿还是土里土气的衣服。

我们催她快点儿写信叫家里寄点儿钱来。写，还是不写？婉儿心里很矛盾。因为婉儿是一个懂事的女孩，她知道家里的经济条件差。父母在家种田的收获并不高，还有比她小两岁的弟弟正在读初三，再加上她的学费和生活费，使并不富裕的家庭更加雪上加霜了。她怎么忍心把手伸向已累得背都驼了的父亲呢。

这几天，婉儿变得更孤独。她整天埋着头又是写又是读的，白裙子的梦想也随之渐渐地淡下去了。

一天晚上，由于天气太热了，到了半夜，我还没有睡着。刚一翻过身，吓了我一大跳，一个穿白色裙子的女子在翩翩起舞。我顿时身上直冒冷汗，连大气都不敢出。

第二天，刚走到寝室门口，就见寝室几个女生议论着什么。最喜欢凑热闹的我，也赶忙跑过去。

"喂，大姐们，有什么事，神秘兮兮的。"

"嘘，小声一点儿。"雅文显得很神秘的样子。

"怎么啦？"

"昨天晚上，你有没有看见婉儿她穿着我的裙子。"

"我也看见了。"老大姐蔡瑜说。

"不会吧！难道我看错了，我还以为是女鬼呢，吓得我一夜睡不着。原来是这样。"

最后，我们几个商量了大半天，决定从今天开始把裙子藏匿起来，换上平时穿的衣服。不过，还有一个秘密的大行动呢——我们要挣钱给婉儿买一条白裙子，到她生日那天作为礼物送给她。

我们说到做到，每天课余时间到食堂打扫卫生，还有两个餐馆也包括在内。我翻了翻日历，离婉儿的生日还有七天的时间。我们想在这最后的七天里，多赚些钱，彼此都更加勤奋了。

一天天过去了，屈指一算，也快有一个月了吧。数数手里的钱，刚好整整三百元，这些钱足以给婉儿买一条裙子了。

刚好今天星期五，下午有两节课外活动，我们大家决定利用这两节课去街上，买一条一模一样的裙子，明天是婉儿的生日，大家的心情无比高兴。

第二天晚上，大家都早早地回到寝室，开始准备行动。

"啪"的一声电灯熄了。

"嘘，来了。"

门"吱"的一声开了，婉儿以为大家都睡着了，蹑手蹑脚地走进寝室，轻轻地把门关上。

"Happy birthday to you！"随着歌声，一道火光点亮了一支红烛。

"生日快乐！"雅文走过去，将一个包装精美的纸盒递给婉儿。

婉儿愣了好一阵子，然后用颤抖的手接过盒子，解开红丝带，是一条和我们一模一样的白裙子。看着这一切，婉儿哭了。

"好了，今天是婉儿的生日，我们要高兴才是，不要那么悲观嘛。婉儿，你再不切蛋糕，我就要抢先一步了。"我说道。

婉儿擦干眼泪，拿起刀开始切了起来……

宿舍里有了第八条裙子，校园从此也多了一道亮丽的风景。

细雨飘窗：

我们同在，我们与友爱同在，我们与幸福同在。

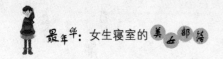

玉帝的女儿们

袁海燕，17岁，中专生

> 这就是我们107寝室八位青春活泼的女孩。我们有朝霞般的蓬勃朝气，有诗一样的浪漫情怀，我们像海燕一样坚强，像小溪一样执着。

玉帝本有七个女儿，但传说他还收养了一个义女，因此有八位仙女。

我们女生107寝室住着"玉帝的女儿们"共八位成员，从不同的地方聚集到一起。

寝室生活是最丰富多彩的。往往在寝室生活中，我们的性格最真实，个个露出与教室里截然不同的"庐山真面目"。

好了，现在让"玉帝的女儿们"登台亮相吧。

你看，向这边优雅走来的窈窕淑女乃本寝室"大姐"也。此人穿着入时，加之身材苗条，堪称"模特儿"。"大姐"个性开放，性格开朗乐观，典型的"乐天派"。

"笑星"在姐妹中排行第二，此人性格活泼，语言风趣，而且又喜欢无拘无束地大笑，亦是一位"乐观主义者"。

二人一进寝室，"笑星"就嚷："我今天又看到'孙燕姿'了！"样子极其兴奋。"笑星"特别喜欢梁咏琪和孙燕姿。某一日在校园里，见一高年级师姐长得酷似孙燕姿，经过几日跟踪打听，终于与其成为朋友。为此乐得几天嘴巴都未合拢。

"笑星"正向我们眉飞色舞地叙述着她和"孙燕姿"如何如何，发现老三和老五聊得热乎，就急着嚷道："'董事长'莫闹莫闹（方言），听我说完你

再说。""董事长"指老三，因其姓董，所以我们称她为"董事长"。她大概不好意思这称呼，说："别叫我董事长啦！多不好。"老四忙接口道："这有什么，将来我真做了董事长，一定让你也当个官。"老三连忙问："什么长？""笑星"忘了"孙燕姿"的事了，此时冒出一句："厕所所长。""哈哈哈哈……"顿时，我们几个姐妹笑得东倒西歪。只听"咕咚"一声，小妹"胖子"捧着肚子倒在了床上，直叫"哎哟"。

寝室插曲的高潮部分自然是晚寝时间，每晚熄灯十余分钟的"卧谈会"比中央政治局会议还重要。当然，我们得时刻提防着查寝人员，但我们很善于打"游击战"。偶尔也有聊得起劲的时候，敲门警告几次了，我们的"大会"仍热闹不减。

老四是寝室之长，每当吵得太厉害时，她也没办法，最终也被我们的热情感染，加入"大会"发言，于是第二天寝室上了"光荣榜"。但这种情况极少出现，要不"最佳星级寝室"也不会一直有我们的份儿。

我们八姐妹谈论的话题，既不局限于女生喜欢议论的服装打扮之类，也不局限于男生喜欢讨论的体育、政治方面的话题。而是天南地北，包罗万象，上下五千年，几乎无所不谈。各种方言混在一起，虽不南腔北调，却也杂七杂八，分外有趣。

某晚，"卧谈会"照常进行。"笑星"对老六说："班上有位男生暗恋你。"老六尖叫一声，我们的耳朵都被激得打哆嗦。真不愧为播音员，声音极为洪亮，那绝对超过100分贝。因住一楼，寝室常有老鼠"做客"。大姐突然冒出一句说："你把寝室那几只老鼠的胆都吓破了。"我们又笑得在床上打滚。

老五是"沉默的羔羊"，"卧谈会"总不发表"演讲"。我们"开会"开得热热闹闹，她却早已进入梦乡和周公聊天去了。

"胖子"在寝室年龄最小，体积最大。"胖子"虽胖，但并不是臃肿型的，而是胖得可爱，若按唐代审美标准看，"胖子"还是个大美人呢，绝不会比杨贵妃逊色多少。而且她乐观得很，成天哼着"女孩胖吧胖吧不是罪，再胖也会有人来追！"班上某位男生开玩笑叫她减肥，她却道："我就是不减肥，气死你，气死你！"你说她可不可爱呢？哦，差点儿忘了告诉你们："胖子"

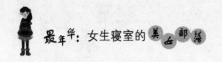
的舞蹈跳得可好啦。

是不是还差一位成员没介绍呢！对啦，还有我呢。

不才在下本人我，排行第七，荣幸成为玉帝女儿最出名的一位——"七仙女"。说到"七仙女"，大家一定想到了《天仙配》吧？咱寝室的姐妹当然也不会错过，一起向我"进攻"，"逼问"谁是"董永"，身在何处。只急得我满脸通红，热汗直流，尴尬得恨不得找块豆腐撞死，以求解脱（豆腐是撞不死人的）。紧急中，我胡编一个："在外校。"她们满足地笑了。我长长地松了口气，在一旁也偷偷地乐："嘻嘻，谁知道什么'董永'，又身在何方呢？"

这就是我们107寝室八位青春活泼的女孩。我们有朝霞般的蓬勃朝气，有诗一样的浪漫情怀，我们像海燕一样坚强，像小溪一样执著。

如歌如诗如画的年龄，我们乘着友谊之船，扬起真诚之帆，满载一船的包容和理解，驶向理想之港。我们借岁月之纸，时光之笔，用年轻的心，饱蘸满腔热诚，认真地写下：青春无悔！

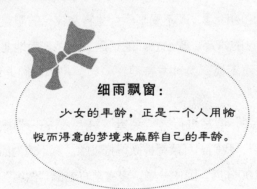

细雨飘窗：

少女的年龄，正是一个人用愉悦而得意的梦境来麻醉自己的年龄。

心有千千结

方 婷，17岁，中专生

大家都坐在那儿静静地听着文静说，寝室里顿时安静了下来，我们只能眼睁睁地看着文静，因为我们知道哭出来可以心里好受一些，哭可以把所有的烦恼忘却，大概十分钟后，文静停止了哭，我们连忙跑过去给她讲笑话，不一会儿，就把她逗得哈哈大笑，寝室里的气氛顿时又上来了，我们这些女孩呀，就像六月的天气说变就变。

十六七岁的女孩的心总像是那树上未成熟的青苹果。这不，我们寝室的几个女孩也经历着同样的情感遭遇。瞧，她们几个已经坐在床上互相庆祝了。

首先开口的是菲儿，她是我们寝室的室花，听说有好多男生都在追她呢！

"唉，昨天下午八班的那个叫枫的男生给我写了一封信……"

"你答应他了？"菲儿的话还没有说完，坐在菲儿对面的丽忍不住插了一句。

"当然没有，虽然他挺不错的。"菲儿轻轻地说道。

"你真幸运，总是那么多男生追你，你看我，从小到大，都没有一个男生和我说话，我知道他们背地里叫我'丑丫'……"话还未说完，文静已是泪流满面了，我们都知道文静的童年非常不幸，在她四岁的时候妈妈就去世了，没过半年爸爸也因出去打工而一去不复返，一点儿音讯也没有，读小学一年级的时候，又因为一次意外的事故，把她的脸给烫了一块永久性的伤疤。从那以后，本来性格就孤僻的她显得更孤僻了。大家都坐在那儿静静地听着文静说，寝室里顿时安静了下来，我们只能眼睁睁地看着文静，因为我们知道哭出来可以心里好受一些，哭可以把所有的烦恼忘却，大概十分钟后，文静停止了哭，我们连忙跑过去给她讲笑话，不一会儿，就把她逗得哈哈大笑，寝室里的气氛顿时又上来了，我们这些女孩呀，就像六月的天气说变就变。

打闹了一会儿后，刚才还笑呵呵的琳，突然让我们都安静，她说她有一件事要和大家说，我们又静了下来，几双眼睛都齐刷刷盯住了琳，看得琳都不好意思。

琳慢慢地说："我喜欢上了我们班上的飞。"

寝室里姐妹们都你望着我，我望着你，不知道这是真是假，琳如此优秀，怎么会喜欢上平凡的飞呢？但这又是事实，因为是琳亲口说的。

菲儿打破了寝室尴尬的气氛问琳："他喜欢你吗？"

"不知道，我还没有告诉他呢！我怎么会喜欢他呢？连我自己都不明白，怎么会喜欢上他这个笨木头呢！"

"喜欢一个人是没有理由的。"丽不时地冒出一句话来。

寝室的姐妹们又哈哈大笑了起来，这时一直没有开口的"老大姐"（寝室长）又开始给我们上"思想课"了。

"我们还在读书，感情方面的事，我们都不成熟，我们也承受不起。而有这方面的想法是正常的，毕竟我们正处于十六七岁的花季雨季，我想你们应该把这份感情都深藏起来，等到我们都可以承受的时候再拿出来，好吗？"

姐妹们一同说好，大家都知道这才是最完美的结局。

"我们来个约定，大家一起宣誓，读书期间，我们不谈爱情，OK？"

大家在菲儿的怂恿下，都一一宣誓了。

"看来八班的那个男生的'美梦'又是一场空了，琳的桃花运也走了。"丽又在中间起哄。

"去你的，看我们不打你。"菲儿和琳一同向丽扑去，看来又免不了要吃一顿饭。

心有千千结，一结环一结……

细雨飘窗：

一个积极向上的集体，有如沙漠中的甘泉，涌出宁谧与安慰，使人洗心涤虑，怡情悦性。

106事件

佚 名，16岁，中专生

最近106竟莫名其妙地流行起"鬼"来了。晚寝之前，小魔女给我们讲述了这样一个令我们胆战心惊的故事：从前，有个女孩，很靓，某一天不幸地被人谋杀埋在了一个花园里。然而，十年后，忽然有个和她长得一模一样的女孩来到这里，每天凌晨，她都会准时地出现在那个花园，去挖那个埋着女孩的地方，前几天，也没挖出个什么，可是这一天，她却发现了一具尸骨，大概就是死于十年前的那个女孩吧。

来到师范，就注定要在校住宿，这便是本人头一回的集体生活。刚来的那几周，跟室友的关系不是很好，难免会孤独、寂寞，独自一个人时，思念总围困着我，也曾偷偷地流过"金豆豆"。不过，时间久了，也就习惯了，跟室友的关系处得也比较好，一切烦恼都抛到脑后了。

只要去过106的同志，哪个不晓得我们寝室成员的"鼎鼎大名"呢？像小妖女、小魔女、小仙女、小淑女等，而"小淑女"呢，则正是本人喽！怎么样，不错吧？！羡慕吗？告诉你，这还不算什么，下面还有更令你羡慕的呢。

"来来，女士们，快听好，小女子将为你们朗诵一封情书。"一听"情书"二字，室友们个个都竖起了兔子般的长耳朵，那"小魔女"一见室友都这样热情，竟敢吊我们的胃口，这下，她可就惨了，七敌一，真是：惨相，已使我目不忍视……最后，她还是怕了我们。"咳咳"，清清嗓子：亲爱的××：从第一次相遇以后，我的脑海里就全被你所侵占，你那文静的性格及漂亮的外貌深深地吸引了我，我发觉我爱你太深，已无法自拔了，希望你能够接受我，

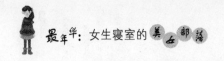

和我爱你一样地爱我，好吗？我将给你时间。爱你一万年的我！

"哈哈哈哈……"笑声如雷，整栋楼都快被我们这些小女子给震垮了。

事后，一些室友还沉浸在那封信的"浪漫"之中，于是，就商量着是否也去找个BF（男朋友来陪）。在室友一致认可之下，大家就开始行动了。朋友们，如果你观察仔细，一定会看到一群"贼"，总是在别班门口游来游去的！可是大家工作了一天，也没见多少成效，扫兴地回到寝室，却意外地收到了一位朋友带来的信息：高中部有个帅哥，他问我们，要不要他来介绍介绍。我们说："你这不是明知故问吗？当然要啦！"晚上，大家都像吃了兴奋剂一样，整晚兴奋得难以入睡，平常的106可是最乖的，然而今晚却是最顽皮的，熄灯之后还在喋喋不休地谈论着那位"伟大"的、"帅帅"的帅哥。想象着他到底有一张多么迷人的面孔，正论到高潮部分，忽然看见门外多了个"幽灵"（女生委），吓得我们都往被窝里钻（我们106的人可是胆小如鼠哦），可是，只要"幽灵"一闪，106立刻又是一片沸腾……

次日，那位朋友便带着我们去见那个帅哥，在高中部那边瞪起眼睛寻找，遗憾的是，他没来。

后来，由于朋友的关系，最终我们还是见了一面。可悲的是，见到那个所谓的帅哥，我们一个个都成了"哑巴"。为什么？不好意思吹！（说真的，他也没有我们想象的帅）最后，还是让被我们第一个逮到的"帅"哥给溜了……

然而，室友仍不甘心，继续寻找着，哪一个将是我们下一个目标呢？等待吧……

最近106竟莫名其妙地流行起"鬼"来了。晚寝之前，小魔女给我们讲述了这样一个令我们胆战心惊的故事：从前，有个女孩，很靓，某一天不幸地被人谋杀埋在了一个花园里。然而，十年后，忽然有个和她长得一模一样的女孩来到这里，每天凌晨，她都会准时地出现在那个花园，去挖那个埋着女孩的地方，前几天，也没挖出个什么，可是这一天，她却发现了一具尸骨，大概就是死于十年前的那个女孩吧。那尸骨爬起来，眼睛闪着可怕的红光，走起路来吱吱响，可怕极了。结果，那具尸骨居然把那个和她长得一模一样的女孩给活活掐死了。恐怖吧？室友们听完，一个个吓得直哆嗦，这下可惨了，都不敢睡觉

了，立马由八张床变幻成四张床，此后，每逢夜晚，室友们都得有人相伴，要不然，会把我们这些本来就胆小如鼠的同胞给吓死的，你说对不对？

相信大家，从以上的事件都已看出我们106是一个非常团结、非常友好的寝室吧？然而，我们却有几个月彼此之间都在沉默着，沉默着……想知道为什么吗？哎，很遗憾地告诉你，本"淑女"也不知道。

为了化解莫名其妙而来的矛盾，小仙女（室长）向我们宣布：礼拜六晚，106需要搞一次联欢晚会。同胞们也不甘沉默，开晚会化解矛盾，何乐而不为呢？

晚会如期召开。会中，大家都挺积极，唱歌的唱歌，跳舞的跳舞，还有朗诵的等。令我们应接不暇。

而两位主持人更是精彩，一口流利的普通话、活泼的形态一下子让氛围更加热闹起来！

记得"小才女"是英语朗诵，"小魔女"呢，则是朗诵诗歌。怎么样？看她们的节目就知道她们的外号取得很合适，对吧？是的，她们俩学习劲可浓了，特别是小才女，期中考试一下子竟拿了四个第一（共五科），真是令我们这些同胞羡慕不已。

想知道本"淑女"表演的是什么吗？呵呵！我不告诉你！

时间一分一秒地过去了，晚会还在继续着，气氛越来越浓厚了，而106的室友们的友谊也越来越浓了……

怎么样？朋友们，是不是更加羡慕呀？今天就暂到这儿吧。以后，我将告诉你一些更有趣的新闻，等待吧！

细雨飘窗：
  天真的年代，我们就像白纸一样纯洁和快乐。

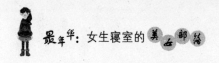

激情天地

彭 苹，16岁，中专生

过了十分钟，我们才恋恋不舍地从床上跳了起来，"砰"，头碰在木板上了。可我们哪儿顾得了这么多，迅速洗漱完毕，急匆匆地往操场跑。刚出寝室门，却发现星儿还没出来。"星儿，快点儿啦，不然就要迟到了。"星儿被追得手忙脚乱，头发胡乱梳两下就往外冲。当我们来到操场上，我们发现星儿的衣服穿反了，大家都笑了起来。

开学初，晴儿、倩儿、柳儿、雪儿、星儿、云儿、娟子和我，被学校分到了同一个寝室——4栋106寝室。我们来自不同的地方，刚开始，我们各自都不怎么熟悉，就用普通话交谈。渐渐地，我们熟悉了，就改用方言了。虽然大家都是湖北人，可方言还是有些差异的，有的时候交谈中会闹出许多笑话的。尽管学校一再强调必须讲普通话，可我们除了在教室里说普通话外，其余都说方言。开学第一周，学校进行军训。我们都累坏了，晚上一回寝室，我们姐妹当中大部分都因想家，在熄灯之后，抱着枕头哭。也难怪我们这些"小公主"，在以前，我们从没住过寝室，这是第一次，难免因想家而落泪，弄得整夜都没睡好。只有晴姐（晴儿是我们姐妹中最大的一个，所以大家管她叫晴姐），她看起来，好像从不想家。原来，她在读初中时就住过寝室，对于寝室生活，她现在已经习惯了。她的阅历和经验比我们姐妹几个确实要深、要丰富。晴姐就安慰我们说："这个寝室也是我们共同的家。上天让我们有缘相识在这里，我们应该珍惜这个缘分，彼此之间互相帮助、互相关心，在这里，我们仍然能感觉到家的温暖！"话音刚落，我们都不约而同地擦干眼泪，重新振作起来，在

以后的日子里，我们八个姐妹同甘苦，共患难，永结同心，载着一叶小舟，驶向胜利的彼岸，到达家的港湾。

一日，倩儿一踏进寝室，就高喊："姐妹们，告诉大家一个好消息，明天上午放（国庆节）假，听说还是七天呢！"我们姐妹几个都连忙停下手中的活儿，把倩儿围了一个圈……一向活泼可爱的娟子抱着倩儿，蹦蹦跳跳地说："放假了！放假了！明天，我就可以回家了！"回家对于在这个学校住了一个月的娟子来说，是她期待已久的梦。看着她那个傻样子，我们都笑了。"金嗓子"雪儿这时候也搭话了："咱们今儿晚上好好庆祝一下，怎么样？""这个主意倒是很不错，可是怎么个庆祝法呀？"星儿风趣地说。"咱们大家就商量一下吧！"寝室长柳儿说，"不过大家得当心点儿，别把管理员给吵来了就行。"商量之后，我们决定在灯熄以后唱歌或者聊天。我们忙了一阵，灯也熄了。我们躺在床上，开始唱歌。首先是由"金嗓子"雪儿起头了："忘忧草，忘了就好……"随后我们就跟着一起唱，那股高兴劲儿比什么都快乐。我们越唱越带劲儿，最后索性大声地唱，简直到了无法控制的地步。唱累了，我们就聊了起来，聊什么呢？当然是最热门的话题——上网。柳儿说："我说的上网，如果只用来聊天，那多没意思。并且沉迷其中，那纯粹是在虚度青春年华，而且聊的都是一些虚假的东西。""我觉得上网挺好玩的。在你烦恼时可以和网友聊一聊，消除你的烦恼。"云儿反驳道。她们两个越聊越起劲，争得面红耳赤的，最后柳儿被云儿说服了，她索性大叫："我不说了，我和你说不了。"当时大概是深夜十一二点钟，把管理员给吵醒了，把我们狠狠地骂了一顿。"哎，又要上榜了！"我们唉声叹气地说。那个夜晚，我们玩得特别开心，也感到从未有过的快乐！

"丁零零……"学校的起床钟响了起来，广播里也传出了动听的歌声。外面的风在呼呼地刮着，还不时发出声音。"快起床了，快起床……"寝室长柳儿催促道。"我还想睡会儿。"不知谁突然冒出了一句。我们躺在床上迟迟不肯起来。过了十分钟，我们才恋恋不舍地从床上跳了起来，"砰"，头碰在木板上了。可我们哪儿顾得了这么多，迅速洗漱完毕，急匆匆地往操场跑。刚出寝室门，却发现星儿还没出来。"星儿，快点儿啦，不然就要迟到了。"星儿

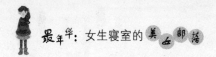

被逼得手忙脚乱，头发胡乱梳两下就往外冲。当我们来到操场上，发现星儿的衣服穿反了，大家都笑了起来。从广播里传来"现在开始做广播体操……"每天早上，天没亮就起床，晚上很晚才睡，学习是比较紧张的，这寝室就是我们的乐园。

每一个片段都会为我们的生活添上一些色彩，并且都被珍藏在青春的写真集里，永不褪色。

细雨飘窗：

珍惜自己的朋友，如同珍惜自己的财宝，因为智慧所赐予我们的所有东西中，没有一样比得上友谊贵重。

如诗般的花季寝室

卢 璐，17岁，中专生

记得在一个风高月夜的晚上，老八魂不附身地走进寝室，眼睛直瞄向前，手里拿着一封信，行为极其神秘。老大首先发现，直喊"不妙"，冲上前去，右手抢下那封信，左手拿着扫帚，用她那大嗓门叫开了："姐妹们，快来看呀！这儿有封信……"

我们是九口之家（多余的一口是被吸引过来的），虽然初中物理老师讲过"异性"相吸，"同性"排斥，可我总感觉不出我们这"清一色"之家有排斥的味道。

话说，家里真可谓什么样的人都有。

看，老大寝室长也，说到她，没人不佩服，吃苦耐劳，扫、拖、洗、擦，一切家务由她一手操办，不过虽然每次都辛苦半天，却从未得过"优秀寝室"红牌牌，慢慢地逐渐忘掉勤劳本色。

老二，文学家也。远处看，一个小不点，身高不足1米5，体重刚过40kg。皮肤黝黑，戴一副瓶底厚的高度近视镜。此人最擅长即兴创作，对古人"吟得一个字，拈断数根须"的做法表示赞同，只因性别缘故无胡子可拔，便用头发常常在经历断发之切肤之痛后，伴随灵感之大发。

老三乃"邋遢大王"，此人脾气野蛮，活脱一个日本佬，故得外号"日本人"。先参观一下她的抽屉吧！初掀开一条小缝，气味难闻，她会莫名其妙地说："才放一个星期的玉米头，不会这么难闻吧！"作为室友，真忍受不了，说几句公道话后，她将桌子一掀，大吼一声："自古……名人……大都不拘小节。"停顿半刻，又大吼一声接上句"莫惊诧"。使人进入昏迷状态，随即抱着舍不得扔的垃圾，一溜风跑向垃圾堆，身后则是一条弯弯曲曲的"银蛇"。呜呼！不可思议。

老四，淑女也。此女拥有"沉鱼落雁、闭月羞花"之貌。可惜此女子是邻班女子（皆因邻班床铺不够，才沦为"众姐妹"），闭上眼睛想想，假如是俺班的，后果怎样？！

老五性格开朗，是个很招人喜欢的女孩子，成天好像吃了开心果一样，嘻嘻哈哈个没完。

老六，"常胜将军"，此人成绩不可小瞧，曾得过奖学金，因天生不爱说话，温顺得像只小绵羊，可那成绩……不谈了，谈了真想找个地缝钻下去。

老七，"歌圣"也，一到寝室"情啊爱的"满口不绝，只要是刚出炉的歌（商店还未进货），她就会唱了。

老八，"情圣"也，一句话活泼过头，她就像朵鲜花，身边总围绕着一群"蝴蝶"。

众所周知，寝室生活乃住校生活之中心，夜谈会又乃寝室生活之中心，每当熄灯后，姐妹们分卧其床，各抒己见，兴致高时还能侃到转钟，不可谓不厉害。夜谈会内容千奇百怪，从刘德华到谢霆锋，再从李玟手术到学校花边新闻……天上地下，过去未来，无不涉及。兼之九人嗓门之大，外面总听得一清二楚，而里面却浑然不知。某日课间，一位学姐问寝室三姐妹："你们寝室是不是经常聊男生？"三姐一本正经声明："我们寝室绝对纯洁，不聊男生，只聊'进口货'。"

嘿！在这里就不谈内容了，要八姐妹知道，这是杀头大罪，这里透露一件有关老八的趣事吧！

记得在一个风高月夜的晚上，老八魂不附身地走进寝室，眼睛直瞄向前，手里拿着一封信，行为极其神秘。老大首先发现，直喊"不妙"，冲上前去，右手抢下那封信，左手拿着扫帚，用她那大嗓门叫开了："姐妹们，快来看呀！这儿有封信……""什么信呀？""谁的？"见此情景，老大更为得意，把那信举得高高的，一个劲地说："别急，别急嘛！""邋遢大王"老三来了个"背后突击"，把信夺了过来。"哗"，姐妹们弃老大而冲向老三，只见老大气急败坏地站在那里，老八呢？红着脸愣在那儿呢！

"嘀，这可是封'危险系数'极高的信。"老二说道。

"可不是，干吗这样。"老四接着说。

大家议论纷纷，都低着头偷偷地笑着用眼睛传递消息，可每个人都在暗暗揣摩，接着，头挨头研究起信封上的字，只见老二低声哀叹："你们真幸福，想当年红尘男女只有'鸿雁在云鱼在水，惆怅此情难寄'，而现在，一封信打发了事，幸福，真幸福。"

老六用手肘碰了老二，低声说："别让小妹难堪！"

这时，老大凑过来说："啧啧，看看笔迹，清秀端正，肯定是……"淑女老四插过来："这有什么，现在都什么时代了！正常得很，有什么大惊小怪的？"一边说，一边拿着镜子照了起来。

老七才不管那么多，扯着喉咙，抒情起来："啊，自从你离开的那天起，你就成了我梦中的牵挂……"全体姐妹作呕吐状，齐喊"太肉麻"了。

"砰、砰、砰"，门被重重敲了一下。

这时候的老八用比马拉松比赛还快的速度冲向桌子，一口气吹灭蜡烛，抢走信，得意洋洋地说："睡觉吧！""哎！"姐妹们齐声哀叹，心里还惦记着那封没有署名的信。

看，这就是我们的106寝室，我们众姐妹团结一心。我们都相信，106寝室的明天会更好。

细雨飘窗：
朋友是生活中的阳光。

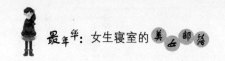

女生住楼上

张琳，16岁，初三

那天风来得急，整幢楼在呜呜声中似乎都摇摆了，黑黑厚厚的云漫天压过来，树叶纸张打着旋儿弥漫了天空。高高楼上，五彩的衣裙开始打旋，开始飘飞，开始降落，最终摔在了男生晾衣物的铁线上。

一群女孩住在了一群男孩的楼上，男生从此不必买闹钟。

启明星还未隐退，雾气依然，女孩们的皮鞋已经在天花板上节奏凌乱地踏响。时而小夜曲的轻盈，时而交响乐的雄浑，没办法，楼下的男生只得忍着头痛，穿衣叠被了，一时哈欠连天，连窗子都震得咯咯响。

很荣幸，在烈日高悬的艳阳天，男生们却能心有余悸地欣赏窗外的雨景。小雨轻柔，大雨滂沱，从天而降的瀑布令人心惊胆战。晾着的衣服干了又湿，湿了又干，男生只得自我安慰，衣服多洗几遍，总会干净点儿。

女生住楼上，男生再也不敢聚在走廊里纵情高歌了，不然楼上丢下来一句话定会羞得你一个月不敢开口。

"哎哟，是谁家的牛撒着欢儿跑到另一山？"瞧，女孩儿的嘴比刀还刻薄。

女生住楼上，没收音机照样能听夜话节目到十二点半。这对于失眠者是最最温馨的享受，于瞌睡者则是近乎残忍的折磨。于是失眠者每晚聆听，瞌睡者则扯了棉絮塞住耳朵。天长日久，不觉大叹：哎，冬天咋过？棉被已被撕出一个窟窿。

忍耐是有限度的，战事开始不断。先是唇枪舌剑，后是大动肝火。有男生若敢把头伸出窗外呵斥，就有女生敢把满满一盆肥皂水准确无误地泼到这颗愤

怒的脑瓜上，名曰降降温。

那天风来得急，整幢楼在呜呜声中似乎都摇摆了，黑黑厚厚的云漫天压过来，树叶纸张打着旋儿弥漫了天空。高高的楼上，五彩的衣裙开始打旋，开始飘飞，开始降落，最终摔在了男生晾衣物的铁线上。

"能报仇雪恨啦！"第一个发现这个喜讯的男生兴奋地大叫，所有的男生吼起来："老天有眼！"

短而小的内衣，花花绿绿的裙子，统统被塞进了塑料袋。"扔到垃圾堆去！"男生们齐嚷。室长担此光荣而艰巨的任务，扛着袋子走出去。

风停，雨住，夜黑。楼上的女生空前吵闹地闹了半宿，像在商量什么重大的报复计划。楼上的皮鞋响了，楼下的男生也一股脑儿地蹿起来——得赶在女生前面去老师那里认错。

匆匆穿戴好，打开门，呆了：门口亭亭玉立着八位女孩，个个满面羞红，艳若桃花。男生大惊："怎么，杀到寝室来了！"

"谢谢你们不计前嫌，送衣服上去。"八个女孩异口同声道，递给男生们满满一罐小巧别致的星星，"这是我们昨晚叠的，一共365颗，代表每天一个祝福。"

衣服，不是扔到垃圾堆里了吗？男生你看我，我瞅你，最后把目光盯在依旧躺在被窝里装睡的室长身上。

"还不快接礼物。"室长扮了个鬼脸吩咐。

"哦！"

自此天下太平，友爱异常。

细雨飘窗：

快乐到底是什么？你看见鸽子展开翅膀自由翱翔在我们的头顶吗？那就是。

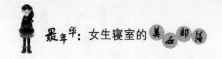

洗床单

佚名，17岁，高三

> 几天以后，我们看见林的床单干净、清爽地铺在床上。林不好意思地拍着虾米的肩膀："辛苦了，哥们儿，晚上，我请你吃花生吧。"虾米听了，兔子般地从床上蹦下来："说话算数，不请你是龟毛。"他挂着眼屎的眼里分明透着一丝狡黠的光。

我们寝室的故事原本不多，但是有了虾米，我们才有了洗床单的故事。

虾米是因懒而闻名了全寝室的。一天，大家聚到一起吃饭。吃到兴头上，B讲了一个笑话，虾米"嘴门"一时不稳，满口饭菜箭一般地直射林的铺位，林雪白的床单刹时就像长了麻子似的，惨不忍睹。

林眼见自己的床单"惨遭毒手"，心痛得作哀号状："呜……呜……悲啊，我妈若见被单弄成这样，我还不脱一层皮……呜呜……"

谁都知道，林的老妈有暴力倾向。林有一次物理考59分，他妈就拿扫帚在他屁股上飞舞了20下，使得林睡觉也杀猪似的号叫。这一次恐怕林还会……

我们假装要暴打虾米，在强大的攻势前，虾米低下他脏兮兮的头："我帮他洗干净，还不行吗？"嘿嘿，我们等的就是这句话。

几天以后，我们看见林的床单干净、清爽地铺在床上。林不好意思地拍着虾米的肩膀："辛苦了，哥们儿，晚上，我请你吃花生吧。"虾米听了，兔子般地从床上蹦下来："说话算数，不请你是龟毛。"他挂着眼屎的眼里分明透着一丝狡黠的光。

晚上，林果真买来一袋花生，虾米像一只饿得精瘦的鸡，一把抢过花生，先放两颗到嘴里，才摆出小人风度："来来，大家一起吃，不要客气。"好像

他才是东家似的。

我们围坐在林的床上，个个像饿狼，不到五分钟，花生就颗粒无剩。而林的床也变得狼藉一片。大家感到有些歉意。林安慰我们："没关系，我把床单抖一抖就万事大吉了。"

虾米忽然捂着肚子作痛苦状："唉哟，肚子痛死了。"然后逃也似的向厕所奔去。我们大笑："此乃报应也。"

林抖床单时，忽一声惊呼："虾米，你不得好死！"原来林抖下来的除了花生壳外，还有无数饭粒。虾米只是将床单翻个面而已。

我们齐齐挽着袖子奔至厕所，怎奈我们千诱万引，也不见虾米出来："虾米，我们还有一块蛋糕，等你来开刀呢。""虾米，我从家带了鸡蛋，还没吃完呢。"虾米终究没有出来。看在他让我们享口福的份，嘿嘿，我们就暂不声讨他吧！

细雨飘窗：

　　青春就像蒙娜丽莎的微笑，永远是个迷人的谜。

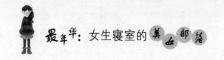

暖 意

陈丹敏，17岁，高 二

秋冬早早地交替了。秋杰冻得发抖，父母却说要等到星期天才能送衣服来。娇弱的秋杰最终抵挡不了寒风的袭击，感冒一天比一天重。女孩们却一直没有注意，直到秋杰再无力起床。中午，她们把"食堂"搬到了寝室，边吃边照顾着秋杰。当得知秋杰没有过冬的衣服，她们马上放下饭碗，挑出最厚的外衣。晚上，秋杰翻开日记："只有用心感受，才能发现生活的丰富多彩。硝烟的深处，蔓延着一丝暖意……"

秋杰，一个乡村女孩，中考时夺得全乡第一名，顺利进入向往已久的×中。

其实，秋杰很矛盾。她向往×中，却又怕在那儿读书。她从小就听大人说，×中里高手如云。秋杰怕与他们交往——没有人情味的高手。

报过名后，秋杰提着行李来到宿舍：女孩儿们都在整理东西，没有人注意她。收拾行李时，秋杰突然想起了以前的同学，想起了快乐的学习生活，她后悔这次的选择。

下了晚自修，秋杰依然独自一人回到宿舍。女孩儿们都在看书。秋杰本想与她们聊聊，可似乎没人有兴致，秋杰只好作罢。秋杰也捧起书，无心地翻了几页。空白的脑子里，突然冒出两个大字"竞争"，秋杰不由得认真起来。"寝室是一个看不见硝烟的战场……"秋杰在日记里写道。

时间过得飞快，眨眼间已经一个月了。几位舍友，秋杰也基本认识了。雪是一个大眼睛、扎着马尾辫的漂亮女孩；倩又高又瘦；婷胖得很可爱……秋杰清楚，她们的成绩与自己不相上下。

期中考试没有排名，秋杰想与她们比比。没想到，除了倩，别人都比她高了一大截儿。难怪，她们成天捧着书呢。秋杰又一次闻到了硝烟的味儿。

秋冬早早地交替了。秋杰冻得发抖，父母却说要等到星期天才能送衣服来。娇弱的秋杰最终抵挡不了寒风的袭击，感冒一天比一天重。女孩们却一直没有注意，直到秋杰再无力起床。中午，她们把"食堂"搬到了寝室，边吃边照顾着秋杰。当得知秋杰没有过冬的衣服，她们马上放下饭碗，挑出最厚的外衣。晚上，秋杰翻开日记："只有用心感受，才能发现生活的丰富多彩。硝烟的深处，蔓延着一丝暖意……"

星期天，六个女孩儿都没有回家。雪提议谈谈大家的理想。有的要获得诺贝尔化学奖，有的要做华罗庚第二，有的要为中国拿到世界文学奖……最后，雪深情地说："以后，我也许只是一个普普通通的人，但我会把所有的知识和力量献给祖国，也许你们会觉得我没有抱负，可是这真的是心里话。国外的条件的确好，不过，还是回来吧……"

说完后，雪伸出了一只手，接着另一只手，再一只……十二只小手紧紧地握在一起。

秋杰好开心。她知道，寝室里装满了希望，装满了憧憬。

细雨飘窗：

我们需要并肩的战友，我们需要竞争的对手。

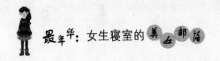

II栋417逸事

杜平英, 19岁, 大 二

有时候想, 如果417八个人都没有"练爱", 我们会不会过得更快乐一些? 至少, 菁菁可以不用编故事, 小南不会因为仅在大一时没拥有如痴如醉的爱情就失望, 而寂静的夜空下, 应该不会留下小婷无奈的身影吧? 我们八个人, 或许还会一起去上课, 一起去吃饭, 一起去看电影吧? 但是谁又知道呢? 诚如苏苏所言: "现在不'练爱', 将来怎么'恋爱'呢?"

II栋417是个普通的宿舍, 既不是公寓, 也不是"巴士底狱 (四合院)", 我们2000级生物班的女生就住在这样一个不好不坏的宿舍里。

IV栋住的全是男士, 我们的寝室门与他们的窗户相对。那时正是军训的时候, 天气闷热, 有怕热的室友穿着内衣内裤坐在床边乘凉, 突然发现对面窗户上探出一个脑袋来, 她尖叫一声, 随手把门"砰"地关上了。却听到对面传来一声更为尖锐的口哨声。事后, 室友心有余悸地下定决心, 一定要去买门帘和窗帘。于是晚上逛大街时, 顺便就把门帘和窗帘买回来了。从此就把对面窗户里射出来的"激光"给挡回去了。

接到电话总是件令人高兴的事。瞧, 直直地站在那里, 脸上一本正经地听电话的室友, 准是接到了父母的电话; 而倚在门边独个儿嬉笑无常的室友, 正对着电话向男朋友撒娇呢! 电话, 情感的纽带。但是, 对着电话说话, 总是"言多必少"(话越多Money越少)。看着逐渐增多的电话费, 我们岂不犯愁? 于是便有了各种各样省电话费的法儿。木子最绝, 她和她的那一位有个暗号, 电话铃响两下表示去吃饭, 响三下表示老地方见。

电话带给我们许多方便，有时却也让人哭笑不得，一次半夜里电话铃骤响，苏苏迷迷糊糊起来，她无精打采地"喂"了一声，却听到一个男生凶巴巴的声音："喂什么喂，还不赶快去上厕所！"

有一次，大概凌晨两点多吧，一阵恼人的铃声把我吵醒了。因为怕有人在电话里叫我上厕所，所以我不愿起来。但电话铃响了一分钟，依然还在不依不饶地响着。看看室友，似乎都还在梦乡里，我只好去接。拿起话筒，那头便传来一个柔和的女声："你好，中国电信为您服务。为您点播一首《有多少爱可以重来》，希望您在黎明前睡个好觉。"接着是迪克牛仔歇斯底里的声音。歌放完了，又传来那个女声："歌曲已放完，请您继续睡觉，做个好梦。"

唉，如果没有这个祝福的话，也许我倒真能在黎明前睡个好觉，做个好梦呢！

刚入校时，晚上闲来无事，班上男生请我们417全体成员去溜旱冰。因为都不会溜，所以个个都把膝盖、屁股跌得青青肿肿。次日早上，男生传来电话，说给我们买了瓶红花油。琴儿兴高采烈地去拿，一回到寝室，她就迫不及待地涂起来。"不错，这瓶红花油感觉还不错。"琴儿说完，拿起电话就向男生表示感谢。电话那边发出怪怪的笑声："千万别客气，千万别客气。"小玲拿起红花油："奇怪，这瓶红花油怎么没什么气味呢？"她又仔细瞧了瞧，忽然大叫："这明明是瓶墨水嘛！"大伙儿惊奇地围过来，证实这确实是由墨水掺了大量自来水而成时，大伙儿顿觉蒙受了奇耻大辱。琴儿想起男生怪怪的笑，简直要哭起来："我还涂了，还向他们表示谢意了呢！"大伙儿纷纷表示，此仇不报非君子。查出此事的始作俑者是张伟时，大家对他恨得牙根痒痒，给他取个外号叫"滑头"。我们决定报复"滑头"。我们想了很多办法，最后决定，写封匿名情书给他，让他在釉子林里冻一夜。琴儿执笔，其余人口述，什么肉麻说什么，最后连王力宏的"娃哈哈"纯净水都搬出来了"爱的就是你，不用再怀疑"。末了叫他晚上在釉子林里等，不见不散。那天天气奇冷，站在釉子林的风口上应该不怎么舒服吧？我们时不时派个"间谍"去观察"敌情"，看到"滑头"在瑟瑟冷风中东张西望，内心就泛起阵阵快意。后来"滑头"说，他其实知道那封信是我们寝室的"杰作"，他之所以还在那里站了一个小时，是想减轻他的负疚感，让我们心理平衡一点儿。当然，这话是真

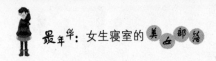

的，还是他为自己的面子开脱，我们就不知道了。

入校时，我们看到有人在食堂里喂饭，晚上在角落里接吻，发出"叭啦叭啦"的响声，觉得不可思议。当时我们并没想到，自己以后也会入乡随俗。

最先有动静的是小玲，刚刚军训完不久，就有个尖嘴猴腮的家伙向小玲大献殷勤。那段时间，只要小玲一踏进寝室，大家就一起唱"天上的凤凰飞呀飞，地上的豺狼追呀追"。原来那位Purchase小玲的仁兄叫孔荣，女生叫他"恐龙"，因他确实长得其貌不扬。而小玲却长得苗条玲珑，典型的江南女子。

到了大二，寝室里大部分人都已有了提开水拎包的主儿。周末的晚上，寝室往往空空如也。即使是没男朋友的菁菁和小南，也不愿待在寝室里独守空房。大一时不敢想象的晚归漏宿，也常常发生在室友的身上。值班室的老太太经常查房。于是攻击与反攻击战就在老太太和室友们身上展开了。有的跟她玩起了"狸猫换太子"，叫楼下老乡上来坐坐，老太太一数，八个人，一个不落，就走了。有的跟她来个"空城记"，把被子一铺，下面垫个布娃娃，再把床帘一拉，也就蒙混过关。至于漏宿去干什么，当然不是老太太想象的那样，无非是上上通宵网、看看通宵电影之类的。

在大二最浪漫的季节里，大家似乎都在忙着谈恋爱，却忘了关心其他人。渐渐的，我们发现菁菁越来越不对劲儿。她突然告诉我们，中学时有几个男生很热烈地喜欢过她，那几个男生都是有才有貌的好男孩，而她却伤害了他们，但他们依然喜欢着她，让她不知选哪个好，一直犹豫烦恼到现在。大家先是羡慕，后来就怀疑了。如果那几个男生喜欢她，怎么从不打电话，也不写信给她呢？再后来，她这话说多了，大家就不免有些反感，但谁也不忍心说破。也许每个女孩都有那么一点点可怜的虚荣心吧！

小南是个有才情的女孩，在大家争先恐后谈恋爱的时候，也有男生恋着小南，但她总是一棒子打死，不给人家任何机会。我以为，小南是不想谈恋爱吧。但我错了。有一次小南拉着我陪她喝酒，喝着喝着，小南的眼泪就掉进了啤酒里。她说，她追求的是如痴如醉的爱情。但是，走过了大一最娇的年龄，错过了大二最俏的季节，小南的爱情依然没有来到。我想告诉小南，我们也未必都有如痴如醉的感觉呀！

有一天夜里，我起来上厕所，却看见小婷站在阳台上，对着夜空独自发呆。原来小婷从未喜欢过她男朋友。"但是，"她说，"我却不能够忍受一个人的孤独和寂寞，我需要一个男朋友来点缀生活。"

我无言……

看看自己，看看他人，其实很无奈，与其说恋爱，倒不如说"练爱"来得恰当些。男友，对大多数人来说，是什么，是寂寞时的抚慰品，是练习爱情的对象，是最贴心的朋友。至于爱情嘛，就不清楚有没有了。

有时候想，如果417八个人都没有"练爱"，我们会不会过得更快乐一些？至少，菁菁可以不用编故事，小南不会因为仅在大一时没拥有如痴如醉的爱情就失望，而寂静的夜空下，应该不会留下小婷无奈的身影吧？我们八个人，或许还会一起去上课，一起去吃饭，一起去看电影吧？但是谁又知道呢？诚如苏苏所言："现在不'练爱'，将来怎么'恋爱'呢？"

细雨飘窗：

有时候生活就像一场幻觉，青春在每个人的印象里被涂上不同的色彩，青春就是一次无法躲闪的伤逝。

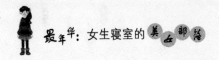

大四的宿舍

玲 子，21岁，大学生

转眼到了中秋节，大四的节日难免过得冷冷清清，考研日益逼近，和玩有关的脑细胞早就处于睡眠状态了，看着外面师弟师妹一副欢天喜地的样子，真的怀疑自己是不是也这么过来的，寝室的活动为：中午聚餐，晚上自习。最后一个中秋啊，就这样被扼杀了。

一

这学期对面竟然住了男生，这实在是件让人很吃惊的事，尤其对于我们这些散漫惯了的大四女生来说，简直是一场空前绝后的灾难。这样说，当然夸张了点儿，但是，一想到从此以后每天要挡着厚厚的窗帘过日子，心情就怎么也好不起来了。新生开始报到了，对面也陆续住满了人，不过都是些大一的小毛头，想必也没什么胆量，应该闹不到哪里去吧。前几天还算相安无事，但是，没过一星期，小家伙忽然发觉住在对面的竟然都是师姐，于是，热闹来了……一天中午，阳光明媚，空气也似乎更加透明了，忍不住阳光的诱惑，我们拉起窗帘，围在窗前的桌子上吃午饭。忽然一道强光扫射过来，抬眼发现是五楼的一个寝室，那小家伙还幸灾乐祸地在那里狂笑。二姐嗓门大，冲他们怒吼了一声，结果，三秒钟后，无数道强光会聚于我们窗口，吓得我们赶紧拉上窗帘，躲在后面，果真是惹不起啊，难道这群小家伙这么团结，简直可以和声控的马蜂窝相媲美。那天碰巧隔壁的姐妹们也在，于是拿来了她们寝室的望远镜，可惜倍数不够，还不如直接用眼睛看得清楚，正在寻找目标，忽然听对面一声惨叫："哇，饶了我们吧，望远镜啊！"见鬼了，哪个小东西眼神这么好，结果

一搜寻，发现六楼一更大号望远镜……第一次用望远镜，我们也自觉新鲜，于是爱不释手。不一会儿，我们发现五楼的一个寝室在擦玻璃，不禁感慨，大一的孩子就是勤快啊，还没叹完，上面又多了一张纸，上书："我屋电话……"哇，果真天才，得了挨骂妄想症了吗？不过那几个毛笔字写得倒真是很漂亮，害得我们差点儿马上打电话过去，但是商量了一下，除了教育他们一下之外似乎没有什么话可说的，所以，经过三十秒钟的紧急会议之后，我们决定：拉好窗帘，开始午睡。

二

这样的日子过了几天，那群孩子似乎老实多了，恐怕是军训累的吧，应该给学校提个建议，以后可以用军训这种方式来"奖励"那些不听话的孩子。九月十日是大姐的生日，大姐真的很有先见之明，竟然在许多年前就未卜先知，选择了这么一个特殊的日子出生，所以更应该庆祝一下。闹到晚上八点多的时候，六个疯丫头笑得差不多了，主要是撑得差不多了，减肥计划实行了几天，终于泡汤了，谁让大姐弄出这么好吃的东西，害得我们不忍心剩下一点儿。我们一直关着灯，点着蜡烛，气氛还是蛮温馨的。看着窗外百家灯火，忽然发现五楼的寝室几个小脑袋都聚在一起，看不出在做什么，我们忽然来了好奇心，于是拨了他们的电话号码。电话通了，我们从窗口看到一个小家伙起来去接电话，不过我们从未这样冒失地打过电话，所以不知道说什么，只好说我们寝室大姐过生日，所以很开心，就和他们聊聊天，结果那小家伙竟说了句让我们大家都震惊不已的话，他说："我们寝室也有人过生日。"真是没想到，竟然这么巧，于是自然亲切了许多，大家胡乱地聊开了，这群小家伙不像我们所想象的大一孩子，似乎开朗得多，所以也挺好玩的，后来我们说给我们唱首歌吧，结果小家伙都很大方，而且唱得相当不错，没想到他们寝室还真是藏龙卧虎，人才济济啊！用他们自己的话说，那就是琴棋书画、吹拉弹唱样样精通，让我们这群当师姐的都自叹不如啊。最糟糕的是我们分不出他们说话的声音，中途换了人也不知道，开始还是过生日的孩子和我们说话，后来忽然电话里说，过生日的那个正在窗口呢！我们果真看到一个小家伙站在那，冲我们挥手，

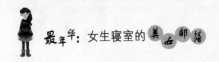
背着光什么也看不清，然后听到电话里又补充了一句"这个是我们寝室最次的了"，弄得我们哭笑不得。本来是不打算留电话号码的，但是小东西很会说话，他说这是他在大学过的第一个生日，竟然遇到同一天生日的人，也许他这辈子都不会忘记的，反正说到最后，我们终于三票赞成，一票反对，还有两票弃权通过决议，把电话号码告诉了他们。

三

转眼到了中秋节，大四的节日难免过得冷冷清清，考研日益逼近，和玩有关的脑细胞早就处于睡眠状态了，看着外面师弟师妹一副欢天喜地的样子，真的怀疑自己是不是也这么过来的，寝室的活动为：中午聚餐，晚上自习。最后一个中秋啊，就这样被扼杀了。想起大一军训时的那个中秋，想起海边映红夜空的篝火，想起沙洞中悄悄探出头来的小螃蟹，想起……可回忆的太多了，可惜现在连想的时间也没有了。大四了，一切都变得不同，仿佛处在一个路口，你必须作出选择，就算你想逃避也不得不去面对现实了。说了太多伤感的话题，其实大四也没有这么悲惨，也许可以算作大学时代过得最充实的一年了，因为忙碌，你才会去怀念那些曾经被你认为平淡如水的往事，因为单调，你才知道原来世界也可以多彩，而这一切并不是世界改变了，只不过是你看世界的方式变了，心态也不同了。你可能在想大四了怎么这么多感叹，听起来像个没牙的老奶奶在唠叨，所以我要开始言归正传了。

中秋的晚上，大家自习回来，已经快11点了，寝室的几位姐妹性格大多属于开朗型，所以我们并不缺少欢声笑语，每天晚上都要就各类问题大侃一通，什么天文地理、政治经济，上至世界风云、国家大事，下到五谷杂粮，吃穿住行，没有什么不在讨论范围之内的，而且神态动作语言也与平时极为不同，有机会给大家copy几段，就怕回去以后会遭五堂会审。那天不记得在讨论什么问题了，正在最关键的时候，电话响了，避免了一段流血冲突，是对面寝室打来的，小家伙们都还挺有礼貌的，先叫了声"姐"，还算聪明，因为我们就是再刁蛮也不会欺负小孩子的，结果对方却忽然说，其实我比你们还大。开什么玩笑，想当大辈也不分时候，不知道过节要给压岁钱吗？算了，师姐得有师姐的

样子，随便他怎么说了，不过这小家伙说话的确不太老实，比如他说下午我看到你们寝室有一个穿红衣服和一个穿黑衣服的，我告诉他看错了，他就会说多亏不是你们。好在是在电话里，否则我不敢保证我们寝室会不会诞生出几位野蛮姐姐。他问我们早上是否跑步，我告诉他5点半去操场，看哪些女生连着跑了八圈以上，就都是我们寝室的了，结果牛吹得大了点儿，他说你们7点半之前都没拉开过窗帘，5点半能起来跑步？哇，真是气死我了。第二天早上，起了个大早，终于在7点半之前拉开了窗帘，却不幸地发现，对面两个孩子背着书包，并排站在窗口，冲我们挥挥手，转身上课去了，看不清神态，应该是很得意吧，这次又栽了。其实，我们寝室并不是睡得那么晚，主要是几个人的作息时间不同，有人11点就睡，也有人看书到半夜，所以一天24小时，大约只有6个小时肯定没人睡觉——上午10点到下午1点，晚6点到9点，其余时间几乎都得拉着窗帘，实在是没有办法的事。

四

又过了两天，那天天气很好，到了晚上，暖暖的风吹得人很舒服，所以直到快7点钟，我们还没有把窗帘拉上。要知道，和男生住对面，每天挡着窗帘几乎成了习惯，更糟的是，我们几个还来了兴致。坐在窗口聊天，忽然听到外面一个很大的声音在说话，似乎是拿着扩音器："我看到你们了，你们在做什么？"抬头一看，正是五楼，一个小家伙很神气地站在那里，他是不是以为他是警察，正在劝敌人放下武器？小心我们二姐回来一声怒吼，会吓得他从楼上掉下来，我们没法回答他，因为他听不到，况且五舍里面除了每天听到有人喊"来电"之外，还没听过太多别的内容。我们没理会他，接着聊天，结果这小东西不知道冲哪个寝室说出了更搞笑的话："你的望远镜是多少钱买的？度数太小，肯定看不清楚……别那么使劲儿拉窗帘，看看，拽掉了吧，我们可以上门免费维修……"唉，不知天高地厚的家伙，我忽然感觉到天怒人怨的时刻就要来临了，果真不出所料，三秒钟过后，一个既泼辣又甜润的女声自五舍上空响起，用极其流利且通俗的语言将他骂了一通。呵呵，这一招还真管用，小家伙肯定不知道五舍有很多经管和外语的女生，而且都是那种又辣又正的

PPMM，不过文科的男生也的确与众不同，而且很有初生牛犊不怕虎的精神，愣了几秒钟后，他竟然慌不择言："请不要自作多情，我没有和你说话。"啊？听了这话，连我也要骂他笨了，刚来几天，就开始到处结仇，以后还怎么在这里混呢，不过看样子，他也有点儿紧张了，而且越紧张越糊涂，竟然拿着扩音器说：××，你们在做什么？看我们现在是不是比较先进了？他竟然敢说我们寝室的电话号码，我再次要晕倒，他一个人挨骂还不够，竟然又把我们也拉下水。忍无可忍，终于无须再忍，我拨通他们的电话："喊什么喊？想让我们一起挨骂吗？以后不要说我们的电话……"然后，我听到一个声音很委屈地说："不是我。"哦？难道我骂错了人？那个声音又很幸灾乐祸地说："是××喊的！"我愣了一下，不可能，我的耳朵还是有些分辨能力的，绝对不可能听错，于是我很肯定地对他说："就是你，绝对没错，说！你是谁？"小家伙到也诚实，说了名字，正是过生日的那个孩子，然后他又承认了好几天以来的一些罪行，但是又说他们寝室是有分工的，所以不能全怪他。放下电话，一场风波终于平息，小家伙在窗口很得意地朝我们挥手，到底是小孩子，真让人没办法。

五

十一前的一天，五姐正在等电话，她同学的同学要来五舍住两天，人缘太好了就是没办法，她楼上楼下跑了三圈，终于给搞定了，看着她那副疲惫的样子，我们也没办法，只好冲她嘿嘿傻乐，气得她老想做出些极不淑女的动作来。其实怎么变成淑女，我不知道，但是要想把淑女变得野蛮，我可是有独门的绝招。记得以前寝室的大姐，是个绝对温柔善良的女孩子，而我是个刺猬，别人离我太近了就会尖叫。有一天，大姐很委婉地批评我不要那样叫，对于大姐，我可是向来很尊敬的，但是这次……嘿嘿，我以极快的速度伸手掐她的脖子，然后开始尖叫，这下大姐气得不得了："呵，你倒恶人先告状，掐着别人自己叫苦，我也学会了！"于是大姐在我的诱导下，开始尖叫，正巧寝室的人都回来了，见到这副样子，都惊讶得仿佛见到鬼一样，大姐的一世美名就这样被我扼杀了，可惜的是竟然没人送我个淑女杀手之类的称号。书归正传，五姐

正在那里心急如焚，望穿电话，也不闻铃声想起，正在这时，一般武侠上会说"说时迟，那时快"，我不看武侠，所以我不这么说，正在这时，电话响了，五姐飞一样冲过去，只听里面说："喂，你好，我是'对面'。"五姐条件反射地说："啊，你好，谁？'对面'是什么？"看着五姐一脸的无辜，我端起杯子躲到角落里，决不实行人道主义援助，谁让你每次都把我推出去冲锋陷阵的，报应来了吧。五姐实在反应很快，而且主要是她真的很能侃，是卧谈会的主力，所以还算应付自如，后来电话里说要送我们一个礼物，于是我趴在窗口看，对面有人举起一个白色的东西，他们称之为卖火柴的小女孩，应该是个雕像，嗯，挺漂亮（这是我猜的），于是我冲五姐嚷："要，一定要的。"五姐一瞪眼："你去？还是我去？"我立刻安静下来："谁也不去吧。"不知道是哪位老先生想出如此的名言：长得难看不是你的错，但是要出来吓人就是你的不对了。于是，我们都受了刺激，这话也成了寝室的座右铭。只是可惜了那个"卖火柴的小女孩"，一直摆在他们窗台上，我只好每天吃饭时对着那个小小的白色身影祈祷：不是姐姐不要你，姐姐真的没办法啊！

细雨飘窗：

人之相知，贵在以诚。

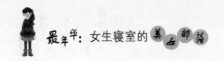

寝室夜话

范冰冰，18岁，大学生

我发现室友们喜欢谈两个极端的人。要不就是全校的焦点，女孩心中的"流川枫"，要不就是低能或脑子里有点儿溃疡的人。不过无论说什么，她们总是把声音压到最低点，以至经常可以听到诸如"什么？稍微响一点儿"此类的话。她们告诉我晚上谈论别人，要当心"隔墙有耳"。说的时候那么认真，好像"国家机密"，让我觉得可笑。

我是个住过寝室，也亲身经历过宿舍夜话的女生。我很了解我的室友，她们都是津津乐谈如此之类话题的人。

一般总是由今天的"新闻人物"开始说起，随之引发的也便是一串"新闻事件"。我发现室友们喜欢谈两个极端的人。要不就是全校的焦点，女孩心中的"流川枫"，要不就是低能或脑子里有点儿溃疡的人。不过无论说什么，她们总是把声音压到最低点，以至经常可以听到诸如"什么？稍微响一点儿"此类的话。她们告诉我晚上谈论别人，要当心"隔墙有耳"。说的时候那么认真，好像"国家机密"，让我觉得可笑。

这样说我的室友会不会让你觉得我故作清高，好像要同凡夫俗子划清界限？如果没有，那就太感谢了。

我不太合群，八成的原因就是我无法忍受夜话的内容，于是我换了一个寝室（当然，是向老师胡诌了一个理由）。

另一个寝室与原先那个谈的内容完全不同。不过也好不到哪里去：男偶像。一般总是由最近的"绯闻人物"开始说起，随之引发的也便是一串"花边

新闻"。我发现我的新室友喜欢谈两个极端的明星。要不就是最近红得发紫的靓丽型，要不就是辉煌已过，又老又丑，不受人关注的。不过她们说什么，总喜欢把音量调到一定量，让全寝室的人都听清楚，好像在展示自己知道的有多多。以至经常可以听到背后说人家诸如"那么爱现，爱跳，真讨厌"此类的话。她们告诉我，寝室夜话前得先翻杂志准备一番，要当心有些人喜欢出你洋相，让你无从说起，弄得尴尬。

这样说我的新室友会不会让你觉得我骄傲无礼？如果没有，那就太感谢了。

我有幸身边坐的是一个男生，他经常和我聊起男生寝室的故事。

他说他们寝室一般晚上不聊天。到了熄灯时间，大家总是"倾巢出动"，到门口的电源旁拿充好了电的电池。接着就是地道战似的，打着手电，干吗？

有的打game-boy，有的听walk-man，有的听disc-play，甚至还有用偷偷带进寝室的notebook（computer）做文字编辑。哦，天哪！相比之下，女生寝室晚上的活动就太落后，太原始了。

他当然也回答了我最感兴趣的话题。他说有时（很难得）也聊聊女生。至于崇拜女偶像，是会被人看不起的（当然是指歌影星）。他说男生聊女生都非常客观，就算喜欢，也绝不会掺进个人因素。他们不太关注长得特别漂亮或是家境特别好的（就算心里关注，也不会讲出来），相对而言关注更多的则是学习特别出众或在某一方面很有才华的。哦，天哪！相比之下，女生寝室聊的那些浅薄东西在思想上就太落后了。

不过，转念一想，我还是要为女生平反。她们的细腻与"姐妹情深"一样深得人心。

细雨飘窗：

我们没有理由拒绝青春时期最浪漫最纯真的快乐。

我的青春，我的故事

——"最年华"青春系列图书稿件征集

是否还在感慨如今网络小说到处泛滥，语言苍白无力，情节大同小异，肤浅无聊？

受够了没有？！！！

是否还在感叹韩寒、郭敬明，小说一本接一本，每一本书、每一个精彩的故事都夹杂着不一样的青春气息？

羡慕了没有？！！！

不要在感慨悲叹，现在，翻身的机会来了！

"写出你的故事"——一场大型的以"青春"为主题的故事征集现在启动啦！

心动了没有？！！！

席慕容曾说：青春是一本太仓促的书。是的，青春本就是一本书。

我想，最好的能为青春这本书留下一些纪念的方式便用文字把它记录下来，而你做好准备了么？为自己独有的青春岁月添加一些篇章字句，描绘出它独有的色彩。

不一定要有华丽的文笔，只要你有一颗充满真情的心，就注定你的故事会别具一格。也许是关于爱情，也许是关于友情，也许是关于成长，也许是关于忧伤，也许是。。。。。。那些关于你的青春回忆就像是老照片，在时光里慢慢沉淀，沉淀出属于你自己的味道，而有关你的青春回忆就像是老照片，在时光里慢慢沉淀，沉淀出属于你自己的味道，而有关你的青春的那些刻骨铭心、独一无二的故事并不会随着时光走远而渐至无声湮没，只要你拿起手中的笔，那些故事会像是一个个精灵，在你掌中幡然苏醒。

这是属于你的季节，你准备好了吗？

把关于你的青春岁月中发生的那些刻骨铭心的故事，告诉我们吧！我们会用最短的时间把你的故事打造成最精美的图书，让你的故事从此拥有更多的传诵和祝福。我们在这里等你！

活动细则：

1、故事题材不限、长短不限、风格不限，只要是你青春岁月中刻骨铭心的故事，就请你写下来，发到我们的信箱：zuinianhuats@163.com，来信时请注明你的详细个人资料和联系方式，我们有专人在第一时间进行阅读和回复；

2、所有来稿都会在第一时间刊登在官博，供读者欣赏、评选；

3、每周进行一次初评，选出三篇真情故事进入复赛；

4、每月进行一次终评，决选出最后胜者。而且稿酬从优哦！

最近我们出版的图书：

中国校园经典散文——恋恋红尘　28.00 元

中国校园经典散文——童谣时代　28.00 元

中国校园经典散文——紫色风铃　28.00 元

中国校园经典散文——风清云淡　28.00 元

毕业在线—我的初三非正常生活　21.00 元

毕业在线—我的高三非正常生活　21.00 元

毕业在线—我的大四非正常生活　21.00 元

最年华：男生寝室的坏小子　26.00 元

最年华：女生寝室的美女部落　26.00 元

最年华：我的同学我的班　25.00 元

最年华：与老师相处的艺术　25.00 元

最年华：与同学相处的艺术　25.00 元

最年华：与父母相处的艺术　25.00 元

青少年成长手册：生理篇　22.80 元

青少年成长手册：心理篇　22.80 元

青少年成长手册：学习篇　22.80 元

青少年成长手册：礼仪篇　22.80 元

中小学黑板报版式手册（卡通版）　22.80 元

中小学生益智游艺 500 题　22.80 元

西方艺术史话（青少年版）　38.80 元

《红楼梦》诗词曲赋鉴赏辞典　68.00 元